魔法十年屋 4

需要推理的委託物

文 廣嶋玲子
圖 佐竹美保
譯 王蘊潔

魔法十年屋4 需要推理的委託物

目錄

序章

有些心愛的物品，即使壞了也捨不得丟。

正因為是充滿回憶的物品，所以也希望可以把它們好好保管在某個地方。

無論是有意義的物品、想要保護的物品，或是想要保持距離、不想見到的物品……

如果您有這樣的物品，歡迎光臨「十年屋」。

本店將連同您的回憶，妥善保管您的重要物品。

1 貪婪的葡萄酒

「慘了，這下真的慘了。」

塔霸臉色鐵青，拚命咬著指甲。

塔霸是個貪婪的人，他有一個漂亮的太太和兩個兒子，住在很大的房子裡，收藏了許多令人目瞪口呆的美術品。即使他擁有令人羨慕的一切，卻仍然熱衷於賺錢。

不過他的貪婪也造成他的失敗，他投入大量資金的事業澈底失

敗了。

塔霸失去了所有財產，而且所有的收藏都將遭到扣押。明天債權人就要來扣押他的房子、昂貴的家具和車子，還有他送給太太的衣服和珠寶——這些東西明天都將要屬於別人了。

但是，塔霸煩惱的並不是這件事。

「我得想想辦法拯救我的葡萄酒……」

塔霸是個十分痴狂的葡萄酒收藏家，為了珍藏這些葡萄酒，他建造了一個出色的地下酒窖。

此刻，塔霸正在地下酒窖內看著這些葡萄酒。

塔霸收藏了一千瓶以上的葡萄酒，這些葡萄酒在絕對溫度的控制下，完全不會走味，裡頭也有很多瓶被稱為「夢幻逸品」的酒。

為了蒐集它們，塔霸投入了很多歲月和金錢。

對塔霸來說，這些酒都是至高無上的寶物，他絕對不想失去這些收藏。

「還要半年，只要再等半年就好。」塔霸懊惱不已。

半年後，他在國外投資的資金將會翻漲七倍，這絕對是萬無一失的事。只要回收那筆錢，他就可以買回即將失去的一切，也能重新恢復奢侈的生活。

「但是如果現在失去這些葡萄酒就無法再拿回來了。」塔霸不禁煩惱。

葡萄酒被那些債權人扣押後，一定會被逐一賣到各地。收藏這麼多年的寶貝即將被其他人喝下肚，或是就此下落不明，而且那些來扣押塔霸財產的人，可能根本不了解葡萄酒的價值，也不知道該怎麼保存——光是想像這些重要收藏品即將落入這種人的手中，對塔霸來說就是極大的痛苦。

「請讓我繼續保管這些葡萄酒，只要再給我半年的時間就好。」

塔霸拚命拜託，但是債權人完全不理會他的請求。

「啊啊，好想保護這些葡萄酒，無論如何都要好好保存它們。」

但是事到如今，根本不可能把這麼多葡萄酒搬去別的地方，而且光是藏起來還不夠，因為隨便找個地方藏起來，葡萄酒的味道會變差。

「真希望能以目前這個狀態，移動一整個地下酒窖啊。」

正當他強烈的這麼想著的時候，聽到了「啵」的一聲。

轉頭一看，橫放在架子上的一瓶葡萄酒流了出來，原來剛才的聲音是軟木塞被拔開的聲響。

「嗚哇哇哇！」

塔霸急忙重新塞好軟木塞，然後檢查那瓶葡萄酒。他忍不住偏著頭感到納悶，因為他不記得自己曾經買過這瓶酒。酒標上只有一個時鐘的符號，既沒有葡萄酒的品名，也沒有標明產地。

「不過至少流出來的不是昂貴的葡萄酒」，這點讓塔霸鬆了一口氣。正當他要擦拭地上的葡萄酒時，忍不住大吃一驚，因為紅色的葡萄酒上漂浮著一張卡片。

「這是什麼？」

塔霸撿起卡片時再次驚訝不已，因為卡片完全沒有弄溼，葡萄酒也沒有滲入卡片裡。

塔霸仔細打量卡片。對折的深棕色卡片，周圍是金色和綠色的蔓草圖案，正面寫著「十年屋」，背面則寫了以下的文字。

有些心愛的物品，即使壞了也捨不得丟。

正因為是充滿回憶的物品，所以也希望可以把它們好好保管在某個地方。

無論是有意義的物品、想要保護的物品，或是有想要保持距離、不想見到的物品……

如果您有這樣的物品，歡迎光臨「十年屋」。

本店將連同您的回憶，妥善保管您的重要物品。

塔霸大吃一驚。這張卡片很奇妙，卡片上的內容也很奇妙，但最奇妙的是「十年屋」這個名字。

「這該不會是魔法師的邀請函吧？」

塔霸知道這個世界上有魔法，也知道有魔法師能運用這些魔法，但是他以前對這種事完全沒有興趣。因為他不會使用魔法，也不知道哪裡有魔法師，既然無法用來賺錢，那跟自己就沒有關係。

但是仔細一想，他覺得眼前只有魔法的力量能夠解決自己的煩惱。而且，根據卡片上所寫的內容，「十年屋」可以代替客人保管想要守護的東西，這正是塔霸目前最需要的事。

「在哪裡？這家『十年屋』到底在哪裡？不知道卡片裡面有沒有寫地址或是地圖。」塔霸急忙打開了卡片。

一打開卡片便金光四溢，光芒像蔓草般纏繞著塔霸，整個空間瀰漫著濃醇的葡萄酒香氣。

塔霸被香氣和光芒包圍，覺得有點頭昏眼花。當他回過神時，發現自己站在一條神奇的陌生街道上。

這條街瀰漫著灰藍色的濃霧，分不清楚是白天還是晚上。街道旁有一整排紅磚店面，路燈發出淡淡的光芒，街上連一隻小貓也沒有，四周安靜得像是墓地一樣。

但是塔霸並不害怕，反而更充滿期待。

因為他在轉眼之間，就從自家的地下室來到了這個陌生的地方，這絕對是真正的魔法。而且這也表示，他即將見到的魔法師具有真正的魔力。

塔霸激動不已的注視著正前方。前方是一棟有著白色大門的房子，那棟屋子的窗戶透出了亮光。

屋裡似乎有人在對塔霸說：「歡迎你來這裡。」

塔霸走向前，把手伸向白色的門。當他打開鑲嵌著藍色勿忘草彩色玻璃的門時，聽到了「叮鈴鈴」的清脆鈴聲。

一踏進店內，塔霸便驚訝得整個人向後仰。因為店裡簡直就像是倉庫一樣堆滿了東西，甚至有些物品還堆到了天花板。

「這、這裡是古董店嗎？」

因為店裡很多東西看起來都很陳舊，所以讓他產生了這樣的想法。生鏽的工具、壞掉的家具、磨損的地毯，還有破舊的娃娃、打破的燈，在這些破銅爛鐵中，還有看起來價值不斐的戒指、項鍊、畫作和花瓶。

「這些東西到底有什麼價值？它們值多少錢？」

塔霸在想著這些問題的同時走進了店內。他沿著狹窄的通道往裡面走，看到了一個櫃臺。

櫃臺前坐了一個年輕男人。

那個男人身材修長，有著一頭蓬鬆的栗色頭髮，眼睛是難得一見的琥珀色。他穿著深棕色的西裝背心和長褲，戴著細細的銀框眼鏡，白色襯衫上完全沒有半點污漬，脖子上的葡萄酒色絲巾看起來很時尚。

他拿著一條很粗的珍珠項鍊，用指尖摸著大顆珍珠，好像那只是玻璃珠子。

這時，後方的門打開了，一隻橘色的貓走了出來。

那不是普通的貓。牠有一身蓬鬆的橘毛，穿著一件黑色天鵝絨背心，脖子上繫著領結，像人類一樣用兩條後腿走路。

貓的手上拿著一個大籃子，籃子內裝滿了魚形狀的餅乾。餅乾甜甜的香氣，飄進了塔霸的鼻子。

橘貓用小孩子般可愛的聲音，對栗色頭髮的男人說：

「老闆，餅乾烤好了喵。」

「喔，謝謝，客來喜。嗯，真香，看起來很好吃。」

「是喵，今天我加了很多楓糖漿喵。」

「太棒了，我馬上就來吃。等我一下，我先去把這串項鍊放好。」

「好漂亮的項鍊喵。」

「喜歡嗎？那你戴戴看。」

男人說完，把珍珠項鍊掛在貓咪的脖子上。男人看了看又說：

「客來喜，你戴這條項鍊很好看。」

橘貓聽了，呵呵笑了起來。

眼前這個看起來很不真實的景象，讓塔霸感到一陣茫然。

「喂喂喂，那條珍珠項鍊至少價值兩百金幣！為什麼拿來和貓咪玩？不對，等一下，普通人不可能做出這種沒常識的事，所以這個男人一定就是魔法師。」

塔霸這麼想著先是吸了一口氣，然後輕輕咳了一聲。

男人和貓立刻轉頭看了過來。

「哎呀，我真是太失禮了，竟然沒有發現有客人上門。客來喜，趕快去泡茶。」

「好的喵。」

橘貓用可愛的聲音回答後，便戴著那條珍珠項鍊跑去後方的房間。

那個男人對塔霸露出微笑說：

「歡迎光臨，歡迎你來到『十年屋』。」

「『十年屋』啊……就是卡片上寫的名字，」塔霸舔了舔嘴脣，

「所以這家店可以為客人保管東西是嗎？」

「沒錯。」

「你就是魔法師。」

「對，請叫我十年屋。請到裡面坐，我們可以邊喝茶邊聊你想要保管的東西。」

「不，我現在沒空喝茶，我想請你馬上為我保管一些東西。」

塔霸急忙向他說明情況，但是眼前這位名叫十年屋的魔法師，即使聽到他想委託保管的物品是放滿一整個地下酒窖的葡萄酒，也完全沒有感到驚訝。

「總之，我想請你替我保管半年的時間。既然你會魔法，相信這不是難事……品質和味道應該都不會改變吧？」

「那當然。」

十年屋點了點頭，琥珀色的眼睛看起來炯炯有神。

「我的魔法是十年魔法，在這十年內，絕對不會有任何的損傷或是破損，所有的物品都會維持原貌，只是我必須向你收取代價。」

「當然沒問題，不管要收多少錢我都願意支付。只不過我現在身上沒錢……只要你願意等半年的時間，我可以支付原價四倍的酬勞。」

「不，沒這個必要。」

十年屋的眼神看起來更加深邃了。

「正如我剛才所說，我的魔法是十年魔法，也就是時間，所以客人也必須用自己的時間作為代價。」

「你的意思是……壽命嗎？」

「對，本店為客人保管十年，客人要支付一年的時間。」

「可不可以算便宜一點？我並不打算請你保管十年，半年之後我就會來領取。」

「不行，這是規定。」

「你別這麼堅持嘛。兩個月，我支付兩個月的壽命，你覺得這樣如何？」

塔霸繼續殺價，但十年屋始終沒有點頭，只是一再委婉的表示「不行」。

塔霸終於放棄了，他覺得一直殺價要是惹惱魔法師可就得不償失了。現在保護那些葡萄酒是眼前最重要的大事，還是照魔法師說的話做比較好。

「好吧，我就支付一年的時間。」

「謝謝，請你在這裡簽名。」

十年屋把黑色記事本和銀色鋼筆遞給塔霸。

塔霸用鋼筆簽下自己的名字時，忍不住大吃一驚，因為他明確的感受到，有什麼東西從自己的身體流進了記事本。

「是我的時間被拿走了，我被奪走了一年的生命。」

雖然有點後悔，但他立刻重新振作了起來。

「一年的壽命沒什麼大不了，只要當成是自己變成年邁老頭子的時間少了一年就好。這筆交易很划算，絕對沒有錯。」塔霸在心裡這麼告訴自己。

十年屋對他笑了笑說：

「好，這樣就行了，本店會負起責任為你保管那些葡萄酒。」

「太好了，你什麼時候要來拿那些葡萄酒？我剛才也說過酒的數量很驚人，有辦法在今天之內搬完嗎？」

「沒問題，我現在就去拿，我們走吧。」

塔霸和十年屋一起走出那道白色的門。他們一踏出門外，就來到了塔霸家的地下酒窖。

「好厲害的魔法。」

「是啊，但這並不是我的魔法，而是我的魔法師朋友為我打通了這條路。話說……你的收藏量真是太驚人了。」

十年屋一臉佩服的打量著放滿地下酒窖的葡萄酒。

「就是說啊，很少有人能夠擁有這麼多葡萄酒，這是我的驕傲。拜託你，一定要為我好好保管這些酒。」

「好，那我就開始了。」

十年屋恭敬的行禮過後，從長褲口袋裡拿出一根細長的吸管，吸了一口氣。吸管的前端出現一個又一個的泡泡，一時之間地下酒窖就被這些泡泡塞滿了。

十年屋唱起歌來。

勿忘草呀時鐘草，阻擋時間的流逝，
木香花呀長春花，編織一個十年籠，
收藏人們的回憶，穿梭過去和未來，
淚滴轉變成微笑，懊惱痛苦變溫和，
收束來保管，好好來守護。

那些泡泡隨著歌聲飄向酒櫃。

這時發生了不可思議的事——酒櫃中的葡萄酒紛紛被吸進泡泡之中。

塔霸目瞪口呆的看著從他眼前飛過的泡泡。他發現在這些小泡泡裡頭，都有一個縮成像葵花籽大小的葡萄酒瓶。

十年屋一拍手，所有飄浮的泡泡立刻就消失了，地下酒窖裡只剩下十年屋和塔霸兩個人，酒櫃中的葡萄酒全都空了。

十年屋轉身對塔霸說：

「這樣就完成了。當你想要領取物品時，只要在心裡默想，通往

本店的路就會再度開啟。」

「我、我知道了，那就拜託你了。」

「交給我吧。」

十年屋優雅的鞠躬行禮，接著就像是融化在空氣中一樣消失不見了。

塔霸鬆了一口氣。

這些葡萄酒終於安全了，因為已經放到任何人都拿不到的地方。那些債權人上門時，只要對他們說：「我不想給別人喝，所以全都丟掉了」就行了。

塔霸露出一臉得意的笑容，打量著地下酒窖。

「你們等著，我很快就會把你們拿回來了。」

塔霸關掉地下酒窖的燈便離開了，他完全沒有想到，其實自己也可以用這種方式保管太太和兩個兒子的東西。

✲

半年後，塔霸再度變成了有錢人，那一大筆錢如期回到了他的手上。

塔霸立刻著手奪回曾經失去的東西，他很快的買回了房子、家具和衣服。

但是，有些東西卻無法再回到他的身邊——那就是他的太太和孩子。

塔霸的太太無法繼續忍受他強勢的性格和自私任性。

「我受夠你了，你根本沒有考慮到家人。我並不是因為變窮的事情對你生氣，我是指你以前富有的時候，無論是房子、珠寶，還有那些你送我的所有東西都不是為了我們，你只是享受送這些昂貴東西給我們的感覺，彷彿是想把自己的娃娃打扮得漂漂亮亮，好向別人炫耀而已。我受夠了，放我們自由吧。」

當塔霸的太太滿臉疲憊的說出這些話時，他完全無法理解。他不明白，自己已經再度成為有錢人，太太究竟有什麼地方好不滿？

更令人生氣的是，兩個兒子也說：「我們要和媽媽在一起，不想和爸爸一起生活。」

「真是忘恩負義的傢伙，」塔霸怒氣沖天的說，「你們想離開就趕快離開！你們根本不是我的家人！我把話先說在前頭，我可不會給你們半毛錢。」

就這樣，塔霸失去了所有的家人。

但是他決定不要在意這件事。他認為忘恩負義的家人即使離開也無所謂，只要有錢，只要有自己最愛的葡萄酒就夠了。

他在買回自己房子的那一天，就去十年屋把葡萄酒拿了回來。他引以為傲的地下酒窖內再度放滿了葡萄酒，看起來真是賞心悅目。心滿意足的塔霸開了一瓶珍藏的葡萄酒，為自己的勝利乾杯。

他喝著濃醇的葡萄酒，感覺有點飄飄然，接著突然想到了一件事。

「十年屋的時間魔法……能不能用來賺錢呢？」

這麼方便的魔法，只要巧妙運用，一定可以用來賺錢，但要怎麼運用呢？

塔霸開始動起了腦筋。

一年後，塔霸喝著生意上的客戶請他喝的葡萄酒，他只喝了一口，立刻大吃一驚。他從來沒有喝過這麼好喝的葡萄酒，豐富的香氣在嘴裡擴散，簡直是妙不可言，難以置信天底下竟然有這麼好喝的葡萄酒。

客戶對瞪大眼睛的塔霸說：

「這是被譽為『酒神的徒弟』的葡萄酒名人特別釀製的酒，味道很棒，只不過無法持久。再過一個月，味道就會變差，變成像醋一樣酸酸的味道，所以只能趕快喝掉。實在太可惜了，真希望可以好好保存。」

「就是這個。」塔霸想到了運用魔法的方法。

如果十年後仍然可以喝到這麼出色的葡萄酒，葡萄酒行家一定願意花大錢購買。

到時候，自己可以再發一筆橫財。離開自己的太太和兒子，說不定會對自己刮目相看，然後重新回到自己身邊。

他的腦海中閃過了這個念頭。

塔霸立刻採取了行動。他用盡各種方法，砸大錢四處蒐集這種葡萄酒。

然後，他強烈的祈願——

「我想去十年屋，請十年屋保管這些葡萄酒十年。」

✲

澤克正在準備早餐，他用平底鍋煎了蛋和培根，還俐落的泡了咖啡。

他完成了荷包蛋，正準備把麵包烤得微焦時，有個東西從他的眼前飄過。

「嗯？」

定睛一看，他發現有一張卡片掉在地上。深棕色的卡片上有金色和綠色的蔓草圖案，上面寫了「十年屋」三個字。

「十年屋？那是什麼？」

看到這個陌生的名字，澤克感到很驚訝。他把卡片翻了過來，上面寫了以下的內容——

澤克・科頓先生，冒昧寫這封信給你，我是十年屋。令尊塔霸・塞特委託本店保管的物品期限即將屆滿，由於塔霸・塞特先生已經辭世，身為長子的你便成了繼承人。如果你想取回物品，請打開這張卡片。如果你無意取回，請在這張卡片上畫一個X，代表結束合約，令尊寄放的物品將正式歸本店所有。

十年屋敬上

澤克看到塔霸・塞特這個名字，忍不住皺起了眉頭。

「是爸爸嗎？」澤克不悅的嘀咕。

父母離婚至今已經十一年，澤克當年才十歲，但生活中沒有父親之後，他絲毫不覺得難過。四年前，得知父親車禍身亡的消息，他也完全沒有任何感想。

父親向來不關心家人，自私自利、唯我獨尊，整天只談論錢的事，澤克很討厭他財大氣粗的樣子。

所以當父母離婚，母親帶著他們兄弟倆一起生活時，他第一次感覺到鬆了一口氣，覺得只有他們母子三人才是真正的一家人。至今他仍清楚記得自己當時的想法。

這些年來，他們的生活並不輕鬆，但是少了精神壓力，心情也自在多了。目前澤克已經開始工作，他們的生活越來越有餘裕，弟弟也開始在木匠的手下當學徒，他雙眼發亮、挺著胸膛對家人說：

「等我成為真正的木匠，我要蓋一棟漂亮的房子給你們住。」

澤克想要保護母子三人的生活，無論父親留下了什麼，他們都不需要，他也不想擁有那些不屬於自己的東西。

於是澤克毫不猶豫的在卡片上畫了一個「X」。

卡片動了一下，然後消失不見了。

「啊，太痛快了。」

澤克心情暢快的去叫母親和弟弟起床。

「早餐做好囉。」

2 送給恩人的禮物

「今天晚上又沒有來嗎？」

科波巡視店內時，忍不住嘆了一口氣。

科波是酒保，從傍晚到深夜都忙著調製雞尾酒款待客人。這家店很時尚，也讓人感覺很舒服，科波總是在店裡播放唱片，讓所有客人都感到賓至如歸。

這種貼心和調酒的好手藝，讓他的店裡總是高朋滿座。

但是科波一直掛念著一件事，那就是老主顧尤蘿這陣子一直沒有來酒吧。

科波覺得尤蘿是一位特別的客人，也是他的恩人。

現在科波的店生意興隆，但是剛開張不久的時候，他的生意十分冷清，幾乎沒有客人上門，常常連續好幾個月沒有生意，隨時都有可能會倒閉。

「做不下去了。乾脆收了這家店，搬去其他城市生活吧。」

當科波漸漸產生這種想法的時候，尤蘿翩然走進了酒吧。

尤蘿是一位氣質高雅的老婦人，她的穿著打扮走低調的時尚路線，笑容很迷人。她點了一杯甜甜的雞尾酒，然後對科波說：

「我很喜歡聊天，不想單獨一個人度過這樣的夜晚，你可以陪我聊天嗎？」

「當然可以。」

因為店裡沒有其他客人，所以科波就陪尤蘿聊天。

他們聊了很多這個城市的事、朋友的事、天氣的事，還有關於自己的事。

尤蘿很健談，也是很好的聽眾，和她聊天很開心，科波不知不覺得樂在其中。

兩個小時一下子就過去了，尤蘿也喝完了三杯雞尾酒。

「真是太開心了，酒也很好喝，我明天一定會再來。」

尤蘿這麼對科波說，而且她也遵守了約定。那天之後，她每天晚上都會來酒吧，一邊品嚐甜甜的雞尾酒，一邊和科波聊天。

科波為了讓店裡唯一的客人滿意，每天晚上都特別調不同的雞尾酒款待尤蘿。

尤蘿以前是美術老師，現在已經退休一個人住。當科波為店裡沒有客人上門而嘆息時，尤蘿向他提出了建議。

「這家店不夠吸引人，門口的招牌也不明顯，別人很可能根本不知道這裡有一家酒吧。我上次是因為躲雨，才在無意之中發現了這家店。還有店內的裝潢也可以發揮一點創意。」

「發揮創意嗎？」

「對，比方說，把目前使用的藍色壁紙改成乳白色，在燈光的照射下就可以更明亮。桌子和椅子可以改用有歷史感的木製桌椅，會有沉穩的感覺。這種木桌椅一直以來都深受大家喜愛，店裡放這種桌椅，氣氛也會變好。另外還要播放音樂！店裡絕對不能缺少音樂，但是不要放那種太吵鬧的音樂，選不會影響客人聊天的安靜音樂比較理想。最後就是要真心誠意的款待客人，這一點你已經做得很好了，我相信任何人只要喝過你的雞尾酒，就會立刻愛上。」

科波坦率的接受了尤蘿的建議和鼓勵。

他把門面加大，也將店門從原本的黑色改成明亮的棕色，並在門上掛了燈，讓人一看就知道是這是一家店。

同時，他也改變了店內的裝潢，將原本冷色調的藍色改成米色，還在店內放了古董桌椅。店裡隨時播放著輕鬆的音樂，讓客人更加放鬆。

就這樣，客人漸漸增加了。

「沒想到這裡竟然有一家店。」

「這家店感覺很不錯，有點像是祕密基地，讓人好興奮。」

「這裡的裝潢很不錯，下次我要帶朋友一起來。」

甚至還有客人說：「是尤蘿推薦我們來這家店。」

科波的酒吧，漸漸成為這一帶最受歡迎的店。

科波心存感激，覺得這一切都是尤蘿的功勞。這七年來，她幾乎每三天就會來一次，但是尤蘿最近都沒有來店裡，所以他很擔心。

雖然他知道不該打聽客人的事，但最後還是忍不住向其他客人打聽尤蘿的情況，卻得知了意想不到的事情。

「你問尤蘿的情況嗎？她最近生病了，也許是因為體力變差，精神也不太好，所以她這一陣子都不想出門，即使約她出來吃飯、喝酒，她也都拒絕了。啊，你不要說是我告訴你的，因為她叫我千萬不能告訴你，怕你會擔心。」

「這、這樣啊。」

科波很受打擊，完全沒有想到竟然會發生這種事。

他希望尤蘿趕快好起來，希望她可以再次來店裡喝酒。

科波決定要送禮物給尤蘿，表達內心對她的感謝。他想要送尤蘿喜歡的東西，讓精神不濟的尤蘿稍微振作起來。

科波環顧店內，大聲的問：

「請問有人知道尤蘿喜歡什麼嗎？」

「尤蘿嗎？她很喜歡喝葡萄酒。」

「葡、葡萄酒嗎？我第一次聽說這件事。」

「其實比起雞尾酒，她更喜歡葡萄酒。我想，她應該是很欣賞你，所以才會常常來這裡，而且也經常向朋友和熟人宣傳，說這家店有多棒。」

「原來是這樣……」

科波感動不已，再次深刻體會到尤蘿對自己有多大的恩情，然後也決定了要送什麼禮物給她。他要送一瓶最好的葡萄酒給尤蘿。

「請問你們知道尤蘿最喜歡哪一種葡萄酒嗎？」

「嗯，應該是那個吧，就是沒辦法長久保存的葡萄酒，她曾經說過好幾次，說無法忘記那種酒的美味。」

「那種葡萄酒叫什麼名字？請你告訴我。」

「呃……我記得好像叫『疾風的至福』。」

「啊，我有聽說過。」

科波點了點頭，他雖然對葡萄酒不太了解，但是曾經聽說過這個名字。

「我記得那是很厲害的葡萄酒師傅釀造的。」

「是啊，那個人被稱為『酒神的徒弟』。現在應該沒有這種酒了，之前有個有錢人把這種酒全都買光了，即使還找得到，現在應該也不能喝了。聽說這種葡萄酒就和它的名字一樣，味道很快就會變質。十多年前，市面上曾販售這種酒，但是現在絕對買不到了。」

即使如此，科波也沒有放棄，他決定努力尋找這種葡萄酒。

然而，他越找越失望，越調查，就越覺得希望變成了絕望。

「你在找『疾風的至福』嗎？你真會開玩笑，那種酒早就已經過了品嚐時間，即使現在還找得到，應該也變成醋的味道了。如果還能夠保持原來的味道，那真的是奇蹟。」喜歡葡萄酒的收藏家都異口同聲的這麼說。

科波發自內心感到失望。

他很想回報尤蘿的恩情，想讓尤蘿再次品嚐那種讓她「忘不了」的葡萄酒，為什麼自己沒有早點知道尤蘿喜歡什麼酒呢？為什麼不早點想到回報她的恩情呢？

科波緩緩走在暮色低垂的街頭，雖然酒吧的營業時間快到了，但他今天不打算營業，因為他沒有心情接待客人。

當他重重的嘆氣時，發生了一件事。

起霧了。白色的濃霧從前方湧了過來。

轉眼之間，科波就被濃霧包圍，失去了方向感。他不知道自己身處何方，他打算在濃霧散開前先找一個地方等待。

幸好前方出現了燈光。科波朝著燈光走了五步左右，便來到一扇鑲了彩色玻璃的白色大門前，那個門上掛著「十年屋」的招牌，似乎是一家商店。

「這附近有這家店嗎？」

雖然很納悶，但科波還是決定走進去看看。

店裡堆放了許多老舊物品，這裡不像是一家店，反倒更像是一間倉庫，裡頭也有很多東西看起來像破銅爛鐵，卻充滿了讓人珍

惜、無法輕易放手的魅力。

科波感到很不可思議，正當他四處打量的時候，一個年輕男人從店裡走了出來。他穿著深棕色的西裝背心和長褲，脖子上繫了一條紅棕色絲巾，戴著銀框眼鏡，懷錶的金鍊子從背心的口袋裡露了出來，而且那一頭柔軟的栗色頭髮和琥珀色眼睛令人印象深刻。

男人面帶笑容的對他說：

「歡迎光臨……啊，你不是來委託保管物品的客人，而是想來買東西。請問你在找什麼呢？」

「呃，對不起，我不是客人。因為外面起了濃霧，所以我才走進來看看。」

「不對，」男人臉上的笑意更深了，「既然你走進了這家店，就代表這裡一定有你想要找的東西。因為這裡是『十年屋』，是魔法師的店。」

「魔、魔法師？」

「對，是你的心願把你帶來這家店，但你有可能只是一下子想不到，或是想不起來。要不要去後面喝杯茶？我的管家貓泡的茶絕對好喝。」

「管家貓？」

「對，來，請跟我走。」

科波跟著年輕男人走進店內深處。

裡頭有一間雖然不大但是很漂亮的會客室。會客室內已經備好茶，有一隻橘色的大貓用兩條後腿走了過來。牠穿著黑色背心，繫著領結，手上的托盤放著看起來很好吃的卡士達塔。

橘貓把卡士達塔放在桌上，然後向科波鞠躬行禮。

「茶已經準備好了喵，請慢用喵。」

「客來喜，謝謝你。來，這位先生，請你坐在沙發上，茶要加牛奶或是糖嗎？也有檸檬。」

「不，我什麼都不用加。」

魔法師盛情款待科波。紅茶是口感清新的蘋果紅茶，喝起來很清淡，有新鮮蘋果的香氣。卡士達塔差不多是一口的大小，但有整整一盤，而且每個卡士達塔上都有滿滿的卡士達醬，最上面還有一顆櫻桃。

科波喝著紅茶，在吃完三個卡士達塔之後，終於平靜了下來。

魔法師似乎就是在等這一刻，他開始對科波訴說起不可思議的事。這家「十年屋」專門為客人保管物品，客人必須支付時間作為保管的報酬，保管的時間最長十年，如果客人不來領取，保管的物品就會成為店裡待售的商品。

魔法師說完之後，目不轉睛的看著科波說：

「我認為這家店裡一定有你想要的東西，否則你絕對不可能會踏進這家店。你到底在找什麼呢？可以請你告訴我嗎？」

「我在找什麼……」

啊！科波終於想起來了。

「葡、葡萄酒！我在找十年前曾經在市面上出現的夢幻葡萄酒！那種葡萄酒的名字叫『疾風的至福』！這……這裡該不會正好有這種葡萄酒吧？」科波充滿期待的問。

魔法師露出燦爛的笑容說：

「你的運氣太好了，這種葡萄酒不久之前才剛成為本店的商品。因為葡萄酒的繼承人拒絕領取，所以就正式歸本店所有了。請跟我來。」

魔法師說完便走回店內，科波也跟著他走了過去。

櫃臺旁有一個大木箱，魔法師打開蓋子，箱子裡躺了好幾瓶葡萄酒，酒標上寫著「疾風的至福」。

「這些酒是一位客人在十年前委託本店保管的物品，完全沒有受到時間的影響，所以這些酒和十年前的品質、味道完全相同，這一點我可以保證。怎麼樣？你要買嗎？」

「我要買！我一定要買這瓶酒！」

科波興奮得叫了起來。沒想到竟然會在這種地方買到，而且魔法師說味道和之前完全相同。尤蘿收到這個禮物，一定會很高興。

但是魔法師用有點嚴肅的聲音對欣喜若狂的科波說：

「不過我要提醒你，本店是魔法師的商店，我對這些商品都使用了魔法——也就是時間魔法，既然如此，當然也要對等的用時間來支付。如果你想購買商品，需要用兩年的時間作為代價。」

科波大吃一驚。

「所以我會減少兩年的壽命嗎？」

「對。」

「要、要兩年嗎？」

「對。當然我也不會強迫你，要不要支付由你自己決定。你可以仔細想一想，這瓶葡萄酒是否有這樣的價值。」

「……」

科波臉色鐵青的思考了許久。

說實話，失去兩年的壽命很可怕。雖然是夢幻葡萄酒，但終究也只是酒而已。他覺得這樣的價格很不合理，如果是為了自己，他絕對不會購買，但是……

如果沒有尤蘿，如果那家酒吧的生意一直很冷清，自己現在也沒辦法好好的活在這裡，一定早就因為無法償還積欠的貸款而橫屍街頭了。一定要回報尤蘿的恩情，只要能報恩，他願意欣然支付兩年的壽命。

他終於下定了決心。

「我願意支付。」

「真的沒問題嗎？」

「對。」

「那我們握手作為交易的證明。」

科波用力握住魔法師伸出的手，頓時感覺到有什麼東西從自己的身體流走了——

是時間，兩年的時間，科波兩年的壽命被魔法師吸走了。

科波無法保持平常心，整個人搖晃了起來，但是當魔法師說：「這瓶葡萄酒現在是你的了。」十年屋把葡萄酒交給他時，科波渾身再度充滿了力量。

科波告訴自己：「這是正確的決定，這樣做是對的。」

他的腦海浮現出尤蘿的笑容。

尤蘿一定會很高興，要趕快送去給她。

科波緊緊抱著葡萄酒走出了十年屋。一踏出店外，他大吃一驚，因為剛才的濃霧消失不見了，眼前出現了他熟悉的街道，而且原本應該在自己身後的「十年屋」也消失得無影無蹤。科波猜想，這應該是因為通往那家店的道路關閉了。

「真、真是太不可思議了。」

科波抱著尋覓許久的葡萄酒，開心得不得了，腳步也變得輕盈起來。

他沿著彎曲的小路前進，轉過郵局所在的街角，然後看到了一棟小房子。那棟建築物的牆壁是小麥色，屋頂則是淺淺的薄荷色，那裡就是尤蘿的家。

門鈴響起後，尤蘿走出來開門，一看到科波，她立刻瞪大了眼睛。

「哎喲，怎麼是你！」

「尤蘿，好久不見了。」

科波笑著向她打招呼，內心卻大吃一驚。很久不見的尤蘿，看起來和以前大不相同，不知道是不是生病的關係，她瘦了不少，身體搖搖晃晃的，好像一下子就變老了，讓人看了很心痛。

「你最近都沒來店裡，所以我來看看你。而且我買到了你應該會喜歡的東西，想著一定要拿來送你。」

「哎呀，不必這麼費心，但還是很謝謝你。來，進來坐吧，我也很久沒和你聊天了。」

「謝謝。」

科波走進尤蘿的家，然後隨手把葡萄酒遞到她面前說：

「這個給你。」

「哎喲，是葡萄酒嗎？謝謝你。不瞞你說，我也很喜歡葡萄酒。」

尤蘿開心的接過葡萄酒，她一看到酒標，立刻露出驚訝的表情。

「你、你……這瓶酒是從哪裡買來的？」

「是我在某個地方張羅到的。你不必擔心，據說味道和十年前一樣，現在依然很好喝。」

「不可能啊，這種葡萄酒最好喝的時間是……啊啊，你該不會……」

尤蘿的眼神突然變了，她嚴厲的看著科波，然後壓低聲音問：

「你是去哪裡買這瓶酒的？」

「這是祕密。」

「別說這些了，趕快告訴我！」

尤蘿一再逼問，科波終於說了實話。雖然他沒有說支付壽命的事，但尤蘿一聽到是魔法師的店，立刻臉色大變。

「那個魔法師是使用什麼魔法？」

「呃，是時間的魔法。」

「時間魔法……我聽說使用魔法不能用金錢支付報酬，而是要用和魔法具有相同價值的東西作為代價……你該不會……是用自己的時間……你不會是用自己的壽命支付吧？」

「不、不是，沒這回事。」

「你不要騙我！」尤蘿發出尖銳的聲音，「你不要想騙我。我以前當過老師，你臉上的表情就和做了壞事後，想要隱瞞的小孩一樣。你是不是支付了壽命？是不是這樣？」

「對……但是這不重要，我這麼做是希望你高興，因為我想回報你的恩情。」

「開什麼玩笑！什麼回報恩情，你這樣做根本是忘恩負義！竟然為了葡萄酒浪費寶貴的壽命，這、這太過分了！」

「尤蘿……」科波感到不知所措。

尤蘿瞪著他說：「走，我們走。」

「啊？要、要去哪裡？」

「當然是去那個魔法師的店啊。你帶我去，趕快！」

「但、但是通往那家店的路已經消失了，我也不知道那家店在哪裡啊。」

「既然這樣，那就努力去找，直到找到為止。我和你一起去，趕快趕快，你趕快站起來。」

科波雖然覺得很傷腦筋，但是在尤蘿的催促下，還是站了起來。

尤蘿說要去找那家店，但是要上哪裡去找？畢竟那可是魔法師的店啊。除非那家店再度出現，不然絕對不可能找得到。只不過看到尤蘿這麼生氣，科波覺得說什麼都沒用，於是他決定什麼也不說，跟著她一起找。

科波很失望。他原本以為尤蘿會很高興，沒想到，她非但不高興，反而還生氣了，也完全沒有要喝他好不容易找到的葡萄酒。

科波嘆著氣，和尤蘿一起走出家門。

門外是一片濃霧。

「咦？真是奇怪，天氣預報說今天一整天都會是好天氣啊。」

「這是……」

尤蘿偏著頭感到納悶，科波則是大吃一驚，因為他看過這片濃霧。

「尤蘿，你要抓住我的手。」

他緊緊握住尤蘿的手，走進那片濃霧之中。

一踏進濃霧，科波立刻看到了燈光，也看到了鑲嵌著勿忘草彩色玻璃的白色大門。

這是怎麼回事？沒想到這麼輕而易舉就回到「十年屋」了。

尤蘿用沙啞的聲音詢問感到不可思議的科波。

「這就是……你說的那家店吧？」

「對，這裡就是魔法師的店。」

「太好了，那我們走吧。」

尤蘿露出好像要上戰場的表情，大步走了進去。

看到他們走進店內，魔法師瞪大了眼睛。

「怎、怎麼了？請問有什麼問題嗎？」

「有很大的問題！」科波還來不及開口，尤蘿就搶先回答了，她繼續說「我們要退還這瓶葡萄酒，請你歸還他的壽命。如果不能退貨，那就把他的時間還給他，用我的時間支付。」

「尤、尤蘿？」科波慌張的說，「你在說什麼啊！別這樣，你別說這種話，就開開心心的收下這瓶葡萄酒吧。我真的很感謝你，你是我的恩人，為了報答恩人，兩年的壽命根本沒什麼。」

尤蘿露出悲傷的表情，看著拚命說服自己的科波說：

「科波，你錯了，我不需要任何會縮短我重要朋友壽命的東西。

而且……我因為生病，味覺變得很遲鈍，現在不管吃什麼、喝什麼都沒有味道。你以前不是經常考我，要我猜出雞尾酒裡加了什麼提味嗎？我再也無法再回答這種問題了。我討厭這樣的自己，所以才沒有再去你的酒吧。」

「尤蘿……」

「你現在知道了吧？現在讓我喝這瓶葡萄酒就和喝水沒什麼兩

樣，而且……即使我的味覺恢復正常，我還是會拒絕這個禮物。人生不知道會發生什麼事，你以為自己可以很長壽，但生命很可能會在某一天突然結束，所以要珍惜自己的生命。」

「總之，」尤蘿瞪著魔法師，「如果我的朋友因為我縮短了壽命，我就算去了天堂也無法安心。來吧，趕快從我身上拿走時間，然後把科波的壽命還給他，拜託你了。」

魔法師用他那雙琥珀色的眼睛注視著尤蘿，然後靜靜的說：

「很遺憾，你的時間只剩下一年半了，無法代替他支付兩年的時間，所以這次就特別同意讓你們退貨。請把葡萄酒退還給我，然後我會把時間還給這位客人。」

魔法師說完，從科波手上接過葡萄酒，然後輕輕碰了碰他的手腕。科波感覺到似乎有肉眼看不見的水流滲進了自己的身體。

尤蘿帶著嚴厲的眼神，向退後一步的魔法師詢問：

「你確實把時間還給他了嗎？」

「對，我把兩年的時間還給他了，請你放心。」

「那太好了。」

尤蘿終於放鬆了臉上的表情。

科波這時才終於回過神，戰戰兢兢的問魔法師：

「你、你剛才說的話是真的嗎？」

「我剛才說了什麼？」

「你不要裝糊塗！就……就是尤蘿的壽命！你剛剛說她只剩下一年半……」

「是的，正確的說是一年七個月又四天。」

「這、這……」

尤蘿溫柔的對茫然的科波說：

「科波，沒關係，我有隱約察覺到這件事。清楚知道自己的壽命剩下多少，反而讓我鬆了一口氣。我要好好珍惜這一年七個月又四天，一定要快樂的過日子。」

「但是……怎麼會……」科波的眼淚快要流下來了。

他覺得重要的人即將離開這個世界，就像是沙子慢慢從指尖流走一樣。

他滿腦子都想著即將失去尤蘿這個重要的朋友，痛苦得喘不過氣來，幾乎就要崩潰了。

這時，響起了「啵」的一聲。

抬頭一看，才發現是魔法師打開了那瓶葡萄酒的軟木塞。科波瞪大了眼睛，魔法師則調皮的笑了笑說：

「我剛好想喝葡萄酒，所以就打開這瓶來喝。」

「你竟然就……」

「咦？不行嗎？這裡所有的商品都是我的，我打開客人退回來的葡萄酒自己喝，應該沒有任何問題吧。」

「……」

科波氣憤不已，覺得這個傢伙太惡劣了，竟然特地在尤蘿面前喝這瓶葡萄酒。以後他再也不和魔法師打交道了，他要趕快帶尤蘿離開這裡。

但是他還沒來得及採取行動，一隻橘貓便從後方走了出來。那隻貓的手上拿著托盤，托盤上頭放著三個葡萄酒杯。

「老闆，請使用喵。」

「喔，客來喜，你真是太貼心了。謝謝你，可以請你把起司也拿來嗎？」

「好的喵，我會順便把蘇打餅乾也一起拿過來喵。」

「嗯，拜託你了。」

魔法師在呆若木雞的科波和尤蘿面前，把葡萄酒倒進三個酒杯裡。

店內瀰漫著濃醇的香氣，酒香像大地般沉穩，又像輕風般柔和的交織在一起，簡直就是魔幻時刻。

就連不太了解葡萄酒的科波，也忍不住分泌出口水。光是這種香氣，就足以令人陶醉。他情不自禁的深呼吸，尤蘿也陶醉的閉上了眼睛。

魔法師把倒滿葡萄酒的杯子遞到他們面前。

「我不太喜歡一個人喝酒，如果兩位不嫌棄，可以陪我一起喝嗎？當然，我不會向你們收取任何報酬，這只是和兩位分享美酒。」

「但是，我的味覺……」

「有什麼關係，做做樣子也好。怎麼樣？」

魔法師硬是把酒杯交給尤蘿，接著又遞給科波一杯酒。

「好，這樣很好，那我們來乾杯。」

隨著魔法師開朗的聲音，科波和尤蘿也輕輕舉起了酒杯。

科波喝了一口葡萄酒，驚訝得好像心臟快要停止了，眼前突然出現了幻覺——

一望無際的葡萄園，碩果累累的葡萄在清爽的風中搖晃。天空中同時出現了月亮和太陽，到處都響起了音樂聲。這一定是精靈在為收穫的喜悅歡唱，將收成奉獻給太陽和月亮。

然後幻覺就像一陣風吹過似的消失了。

不過葡萄酒的美味像魔法一樣讓科波感到十分滿足，他的舌頭、喉嚨都開心得想要跳舞，幸福在他的全身擴散。

「太好喝了！」

科波發自內心的表達了感想。

尤蘿的身體顫抖起來，她帶著驚訝和喜悅搖晃身體，然後再次喝了一口葡萄酒，似乎是想要確認。

「好喝……就是這個味道，和我記憶中的味道完全一樣，但是我……照理說不可能啊……」

尤蘿眼眶含著淚水，看著魔法師問：「你……是不是對我做了什麼？」

「嗯？沒什麼了不起的，只是分享而已，我想為像你這樣的人提供一點小服務。」

「像我這樣的人？」

「你剛才不是說，要好好珍惜這一年七個月又四天，一定要快樂的過日子嗎？真是太了不起了。很多上了年紀的人都會說：『反正來日不多，不管怎麼樣都無所謂。』但是我很討厭這種態度。不過……」魔法師繼續說，「這只是我個人提供的服務，並沒有增加你的時間，味覺也只是暫時恢復，一旦你踏出這家店……」

「就會恢復原狀嗎？」

「對。」

也許從某種意義上來說，這也是一件殘酷的事。

雖然魔法師露出了擔心的表情，但尤蘿笑著對他說：

「這樣的禮物已經夠充分了，謝謝你。」

「不客氣。啊，起司來了，起司一定要配蘇打餅乾一起吃。這是我的管家貓客來喜做的蘇打餅乾，簡直就是絕品，配葡萄酒也很棒。」

科波和尤蘿喝了美味的葡萄酒，又吃了起司和蘇打餅乾，才離開魔法師的店。

一走出店外，他們就回到了尤蘿住家的院子。

兩個人彷彿還在做夢似的互看了一眼，然後深深的嘆了一口氣。

「這次的經驗太奇妙了。」

「對啊，沒想到活到這把年紀，還可以遇到魔法師。而且那位魔法師心地那麼善良、那麼瀟灑，還送了我這麼多禮物。那瓶葡萄酒……啊，真的太好喝了。」尤蘿露出了開心的笑容。

科波小聲的問：

「尤蘿，剛才喝葡萄酒的時候，我想到了一件事。我的酒吧也想賣葡萄酒，但是我對葡萄酒不太了解……可以請你教我有關葡萄酒的知識嗎？」

尤蘿立刻了解了科波的想法和他想要說的話。

「好啊，即使失去了味覺，但我的知識對你一定有幫助。在接下來一年半的時間內，我會傾囊相授。呵呵，接下來要開始忙碌了，感覺好開心啊。」

「對啊，我也這麼想。要好好珍惜現在的時光，要創造很多回憶。」

科波真誠的緊緊握住了尤蘿的手。

3 守護樹

「不要、不要，我絕對不同意！」

琪娜大叫著反對。但這已經不只是大叫了，她簡直就是聲嘶力竭的怒吼。琪娜今年十歲，這可能是她第一次這樣大聲吼叫。

「為什麼？為什麼要把我們家的樹砍掉？那是爺爺的樹啊。明明是隔壁家的小孩沒有經過我同意就爬進我的樹屋，他擅自跑進去裡面玩，然後才不小心掉下來的啊！他根本是自作自受！」

「噓！你不可以說這麼惡毒的話。」媽媽壓低聲音小聲的對琪娜說，好像怕被別人聽到一樣。

琪娜看到媽媽的樣子，更加生氣了。

「最近都是這樣，自從惡鄰居高斯一家人搬來之後，媽媽整天都提心吊膽的，擔心高斯太太隨時會衝進家裡罵人。真希望他們沒有搬到我家隔壁。」琪娜發自內心這麼想。

琪娜很討厭高斯家的小孩。

他們會擅自闖進琪娜家的院子，拿她的玩具，還會隨便亂摘院子裡的花。

高斯先生也很令人討厭，他整天板著一張臉，也不會跟其他人打招呼。

但是最令人討厭的是高斯太太，她整天都嚷嚷著他們一家人被欺負，即使琪娜要求「把玩具還給我」，高斯太太也會強詞奪理的說：「借我們玩一下又不會怎樣？做人不要這麼壞心眼。」

街坊鄰居都知道惹惱高斯一家人很麻煩，所以都盡可能和他們保持距離。但是這家人得寸進尺，他們會擅自闖入別人的派對，節慶的時候也會大吵大鬧。

即使這樣，琪娜都忍下來了，因為她有一個祕密基地——就是位在院子後方的那棵塔坦樹。

那是琪娜爺爺的樹，是她爺爺的爺爺播種種下的大樹。雖然樹身不高，樹幹卻像大酒桶一樣粗，樹葉的顏色也很鮮豔，每年都會綻放很香的白色花朵，初秋的時候還會結出很好吃的紅色果實。

琪娜從懂事開始就經常在這棵樹上玩耍。她會坐在樹枝上吃點心，在樹蔭下乘涼，摘樹上的果實吃，所以爺爺就把這棵樹交給她了。

「琪娜，我相信你一定會好好珍惜這棵樹。」

於是她和爺爺兩個人，一起在樹上搭了一個小小的樹屋。樹屋內鋪了地板、窗戶和屋頂，還架了可以爬上樹屋的梯子。

這間樹屋是琪娜的寶貝，雖然樹屋剛完成不久後，爺爺就生病去世了，但即使爺爺去世已經兩年，樹屋仍然是琪娜的心靈支柱。遇到不開心的事，只要爬上樹，躲進樹屋內，心情就能平靜下來，讓她產生繼續努力的勇氣。

沒想到隔壁的高斯太太，竟然開口要求他們把那棵樹砍掉。

這件事情的起因，依然是高斯家的那些壞小孩。琪娜一家週末出門旅行，高斯家的小孩又擅自闖進了琪娜家的院子，甚至跑到樹屋裡玩耍。但是，在他們把樹屋內的吊床當鞦韆玩時，不小心飛出了窗外。

完全不知情的琪娜一家人，一結束旅行回到家，就看到高斯太太站在他們的家門口，對他們大聲咆哮：「我兒子的手臂摔斷了！你們要怎麼賠償！」

她還說：「雖然我兒子可能也有錯，但是任何人看到樹上有房子，不是都會想要上去玩嗎？根本不該有這種東西，太危險了。而且那棵樹太大了，很礙眼，趕快把它砍掉！」

琪娜的父母被高斯太太氣勢洶洶的樣子嚇到了，竟然回答：「我們會把樹砍掉。」

琪娜對這件事完全無法接受。

「為什麼要砍樹？明明是他們做錯事，結果竟然變成我們是壞人，不管怎麼想，我都覺得不合理。我們根本不必把樹砍掉，不要理他們就好了。」

琪娜努力說服父母，但是父母完全不聽她的話。尤其媽媽已經被高斯太太嚇壞了，堅稱「我不想和鄰居起紛爭」。

琪娜忍不住衝出家門，躲到了樹屋上。

「我絕對不會讓你們砍樹！在你們向我保證不會砍掉這棵樹之前，我絕對不會下去！」

「琪娜，拜託你不要說這種話，請你諒解我們的決定。晚餐煮了很多你愛吃的菜喔。」

「我不要！」

「琪娜……」

「艾瑪，你別管她了，等琪娜冷靜之後就會了解了。」

爸爸媽媽說完之後，就回去家裡了。

琪娜已經在樹屋待了好幾個小時，即使天黑了，她的怒火仍然無法平息，內心也湧起了不安。

「明天就會有人上門砍樹，如果樹真的被他們砍掉了該怎麼辦？

我和爺爺約定了，一定會好好保護這棵樹。啊，爺爺，快來幫幫我，請你幫我想想辦法。」

琪娜緊握雙手，拚命的祈禱著。

這時，樹葉發出了沙沙的聲響，好像在回應琪娜的想法。

「爺爺？你來了嗎？」琪娜忍不住開口詢問。

這時，有張卡片從樹屋的窗戶飛了進來。

深棕色的卡片上有漂亮的蔓草圖案，琪娜立刻把它撿了起來。

「這一定是爺爺傳來的訊息，上面一定有寫解決的方法。」

琪娜立刻打開卡片，下一剎那，她全身被金色的光芒包圍。金

色的光帶有溫柔的味道，很像爺爺以前常喝的蜂蜜咖啡，有著甜甜的香氣。

「是爺爺，爺爺在這裡。」

當琪娜回過神時，發現自己站在陌生的街道上。現在明明是晚上，但頭頂的天空既不明亮也不黑暗，感覺像是白天和黑夜混在一起，充滿了奇妙的模糊空間。鋪著石板的街道瀰漫著濃霧，靜悄悄的完全沒有人影。

「這裡一定是天堂。」琪娜這麼想著，但是她完全不害怕。

「一定是因為爺爺的呼喚，我才會來這裡。爺爺一定就在那道白色大門裡，因為只有那棟房子亮著溫暖的燈光。」

琪娜急忙走向那道白色的門，用力把門推開。

「爺爺！」

她發現白色大門內是一個像倉庫的地方，裡頭堆滿了各式各樣的破銅爛鐵，整個空間充滿了奇妙的魅力。

而且正在打掃狹窄通道的……竟然是一隻很大的貓。

那隻貓咪有一身蓬鬆的橘毛，還有一對鮮豔的翠綠色眼睛。牠用兩條後腿站在那裡，穿著有銀色刺繡的黑色天鵝絨背心，繫著黑色領結，不管是手上拿著掃帚，還是頭上綁著三角巾，看起來都和人類一模一樣。

琪娜大吃一驚，但那隻橘貓似乎更加吃驚。牠瞪大了眼睛，驚訝的偏著頭。

「歡迎光臨喵……你是客人喵？」橘貓用可愛的聲音詢問。

「貓咪竟然說話了。不對，牠是天堂裡的貓，就算會說話也很正常。」

琪娜這麼告訴自己，然後問牠：「我的爺爺呢？爺爺在哪裡？」

「爺、爺爺？這裡沒有叫『爺爺』的人喵。」

「不可能，因為爺爺送了卡片給我，我一打開卡片就到這裡了。

我爺爺在這裡對嗎？拜託你不要鬧了，趕快讓我見爺爺。」

「就、就算你這麼說，我也沒辦法讓你見到不在這裡的人喵。」

看到橘貓手足無措，似乎感到很為難的樣子，琪娜才意識到牠好像真的不知道爺爺的事。

琪娜感到渾身無力。

這時，她的肚子發出了咕嚕嚕的聲音。

琪娜漲紅了臉，但橘貓對她笑了笑說：

「你是不是肚子餓了喵？請到裡面坐，我馬上為你準備宵夜喵。」

「但、但是，這……」

「沒關係、沒關係，餓肚子對身體不好喵。這裡有填入馬鈴薯沙拉的番茄，還有蕈菇雞肉派喵。啊，對了，你想不想吃小香腸喵？還有加了很多糖漿的鬆餅喵。」

琪娜聽牠說出一道道美味佳餚，口水都快流下來了。

「那、那……我可以吃嗎？」

「當然可以喵。等你吃完，老闆應該也回來了喵。」

「老闆？」

「就是這家店『十年屋』的老闆喵，他現在剛好出門去了喵。」

來，請跟我來喵。」

這隻橘貓帶著琪娜往店裡走，店面後方有一間漂亮的會客室，裡頭有一張圓形茶几，還有坐起來很舒服的沙發。

橘貓請琪娜在沙發上坐下，然後開始忙碌了起來。牠從更裡面的廚房搬出一道又一道料理，把它們放在茶几上。填入洋芋沙拉的番茄、派，還有加了許多奶油和糖漿的鬆餅，以及一大盤烤得肥滋滋的香腸。

茶几上放滿了令人食指大動的美食。

「來，請享用喵。」

「可、可以嗎？」

「當然可以喵。啊，我來泡咖啡喵。方糖剛好用完了，我為你加蜂蜜和牛奶好嗎喵？」

「我最喜歡加了蜂蜜的咖啡！」

琪娜意外吃了一頓大餐。每一道料理都很可口，橘貓客來喜說這些食物全都是牠做的。

「客來喜，你太厲害了。」

「呵呵呵，因為我是管家貓，下廚和打掃都很拿手。」

客來喜高興的挺起胸膛，為琪娜送上了咖啡。加了許多蜂蜜和牛奶的咖啡，有她和爺爺回憶的味道。

琪娜忍不住注視著客來喜問：

「客來喜……你真的不知道我爺爺的事嗎？爺爺沒有請你轉達什麼話給我嗎？」

「我完全不知道你爺爺的事喵，但你如果有什麼困難，老闆一定可以幫上忙喵。你有沒有什麼想要保護、想要請人代為保管的東西喵？」

「請人代為保管？」

「對喵，老闆是使用十年魔法的魔法師喵，可以使用魔法保管任何東西整整十年喵。」

客來喜向她詳細說明「十年屋」的事。原來這裡是魔法師的店，可以代替客人保管各式各樣的東西。不過委託十年屋保管東西時，必須要付出代價。

「一年的時間……」

「這裡說的時間，指的是客人的壽命喵。委託保管的東西，如果對客人來說是值得用壽命支付的物件，本店就會欣然接受委託，為客人保管喵。老闆每次都這麼說喵。」

「原來是這樣……」琪娜陷入了沉思。

原來魔法師只接受值得支付壽命保護的東西，如果不是有這種價值的東西，魔法師就不會代為保管。

「那棵樹有這樣的價值嗎？」

琪娜猶豫不決，感到有點喘不過氣。她急忙喝了一口咖啡。咖啡很甜也很香。啊，爺爺以前也常喝這種咖啡，他總是坐在那棵樹下，在樹蔭下吹著風說：「這個時刻最幸福了。」

琪娜終於下定了決心。

「我才不要因為高斯一家人失去寶貴的東西！最重要的是，那棵樹和那個樹屋充滿了回憶，我不要失去這一切。一年的壽命？好啊，我願意支付壽命，我完全不覺得可惜，因為這樣就可以保護我最喜愛的東西。」

就在琪娜下定決心的同時，一個男人走進了會客室。

他的個子很高，一頭栗色的頭髮有點長，五官看起來溫柔敦厚。他身上穿著深棕色的西裝背心和長褲，脖子上鬆鬆的繫了一條暗綠色絲巾。細細的銀框眼鏡後方，有一雙神祕的琥珀色眼睛。

不用別人特別告訴她，琪娜也知道那個男人就是魔法師。她感覺自己心跳加速，身體僵硬得無法動彈。

不過客來喜高興的走向那個男人。

「老闆，你回來了喵，有沒有遇到封印魔法師喵？」

「客來喜，我回來了。他今天剛好很忙，所以不在家，但我在他門上留了信，他應該會抽空來找我。對了，有客人嗎？」

「對喵。」

「好，客來喜，辛苦你了，接下來就交給我吧。」

魔法師溫柔的撫摸客來喜的頭，然後面帶笑容走向琪娜。

「不好意思，讓你久等了。我是十年屋的老闆，請你叫我『十年屋』。」

「啊，你……你好。」

「你好，歡迎來到本店。請問你遇到什麼問題了嗎？是不是有什麼想要保護，或是想委託本店保管的東西呢？」

「是、是的，」琪娜微微向前探出身體說：「客來喜剛才向我說明了情況，我也知道要用時間支付報酬。我願意支付！我會支付一年的壽命，所以請為我保管我和爺爺的樹。」

「樹？」

「對，那棵樹明天就要被砍掉了！」琪娜向魔法師說明事情的經過。

說完之後，她突然感到很不安。即便是魔法師，可能也無法保管一棵這麼大的樹，萬一魔法師拒絕接受委託怎麼辦？

但是她的擔心是多餘的。

十年屋面帶微笑的說：「好，本店可以為你保管。」

「可、可以嗎？真的嗎？」

「當然可以，因為這裡是魔法師的商店，我們現在就去拿你委託保管的東西。可以請你先支付報酬嗎？真的沒問題嗎？」

魔法師語重心長的向她確認，但琪娜並沒有退縮。她直視著魔法師，點了點頭說：「沒問題！」

「那請你在這裡簽名。」

琪娜在魔法師遞給她的黑色記事本上簽了名，立刻感受到一股魔力，好像有什麼東西從自己的身體流了出去，但是她完全不後悔。

「我簽完了。」

「很好，我們去那棵樹的所在地吧。」

琪娜和十年屋一起走出白色的門。

轉眼間，他們已經站在那棵樹的面前。

突然的移動讓琪娜目瞪口呆，十年屋看著樹屋，像小孩一樣興奮的說：

「這真是太棒了，太了不起了，樹上的房子令人很興奮呢。嗯，這的確是個寶物。」

十年屋露出深邃的眼神繼續說：

「這棵樹也很棒，守護著你們一家人……要砍掉這棵樹的確是大錯特錯。」

「請問……這棵樹這麼大，你真的可以為我保管嗎？」

「沒問題，你看了就會知道。」

十年屋說完，從口袋裡拿出一根吸管，然後吹出一個很大的泡泡。

接下來發生的事，完全就是魔法。

當十年屋一唱起不可思議的歌，那棵樹就被吸進了泡泡中。現在琪娜的樹和樹屋都在泡泡裡，看起來就像是迷你玩具，在半空中飄來飄去，而原本種樹的地方留下了一個很大很深的坑洞。

十年屋為泡泡綁了線，變成像是氣球一樣。他對琪娜說：

「這樣一來，保管就完成了。如果你想領回物品，或是等到可以領回物品的適當時機，你只要一心想著要去十年屋，這樣通往十年屋的道路就會開啟。即使你忘了曾經請本店保管物品也不必擔心，因為十年期滿時我就會通知你。」

「我才不會忘記，我絕對會去把它領回來！」

「我也是這麼想的。這棵樹應該陪伴在你身邊，希望不久之後的將來可以再看到你，那就請你多保重了。」

十年屋的身影一下子消失在黑暗中。

琪娜再度看了一眼樹木原本所在的地方，那裡什麼都沒有了。她感到很寂寞，但是她覺得這麼做是對的。總之，她保護了那棵樹，問題在於她什麼時候才可以把那棵樹帶回來。她非常希望高斯家能夠趕快搬去其他地方，這樣就可以馬上讓樹回到自己身邊。

琪娜想著這些事，踏出回家的步伐。

唉。艾瑪忍不住嘆氣，她的頭越來越痛了。這陣子，她整天都在頭痛。

她知道自己頭痛的原因，就是隔壁的高斯家。高斯家的孩子很沒禮貌，高斯先生也很討厭，但最煩人的就是高斯太太，她成天上門大吵大鬧，讓艾瑪疲於應付。現在只要看到她的臉，或是聽到她的聲音，艾瑪就會忍不住緊張起來。

「不知道她今天會不會來？八成又會上門吧。」艾瑪心裡默想著。

「可以借我一點砂糖嗎？」

「哎喲，這個盤子很漂亮，可以借我嗎？應該沒關係吧？」高斯太太每次上門來都會從艾瑪家帶一些東西回家，雖然她每一次都說是「借」，但她向來都是有借無還。

為什麼這種人會搬來這裡變成自己的鄰居？艾瑪感到欲哭無淚。雖然其他人很同情艾瑪一家，卻沒有向他們伸出援手，也沒有站出來支持他們。因為只要高斯一家把矛頭指向艾瑪家，其他人就可以逃過一劫了。

「我們永遠和你們站在一起。」

「你們再忍耐一下，遇到這種不講理的人，最好的方法就是不要放在心上。」

艾瑪已經受夠這些安慰的話了。

「啊，聽到動靜了。高斯太太又上門來了嗎？」聽到門外的動靜，艾瑪忍不住緊張起來。

在樹屋事件過後，高斯太太的臉皮越來越厚，甚至還盛氣凌人的上門說：「你們害我家的孩子受了傷，要負起應有的責任。」艾瑪很擔心她會提出金錢賠償。

艾瑪膽戰心驚的看向窗外。

窗外沒有高斯太太的身影，也沒有他們家那幾個不懂規矩、沒家教的小孩。

艾瑪才剛鬆了一口氣，卻立刻感到一陣心痛，因為她看到了院子後方的大洞。

直到現在，她依然可以清楚回想起之前種在那裡的塔坦樹。那棵樹的樹根深深扎在院子裡，枝葉茂盛的樹不僅守護著院子，似乎也守護著這棟房子。

之前為了避免和鄰居家產生紛爭，所以決定砍掉這棵樹，但她的內心其實也很難過。

幸好最後並沒有把樹砍掉。女兒琪娜不知道用了什麼方法，把那棵樹搬到別的地方去了。

這棵樹木消失之後，高斯一家的怒氣也平息了，當時艾瑪也鬆了一口氣。

但是隨著時間的流逝，她漸漸覺得自己做了一個錯誤的決定。

自從這棵樹消失之後，家裡的氣氛一直很不好，好像有什麼不好的東西從那個大洞中爬了出來，跑進了這棟房子。

琪娜還在為樹木的事生氣，根本不理艾瑪。而丈夫托雷則是因為家裡很多東西不見而不高興。

艾瑪每天被高斯太太糾纏，因此又把怒氣和不安發洩在家人的身上。

「唉，頭好痛。」

她正打算去吃藥時，看到琪娜從外面回來了。艾瑪看到她的樣子大吃一驚。

「琪、琪娜，你怎麼了？」

琪娜的樣子很狼狽，衣服被扯破，頭髮也亂了。臉上、手上，還有腳上都沾到了泥土，身上也有很多抓傷的痕跡。

「琪娜打架了嗎？她到底是和誰打架？」

艾瑪正打算詢問琪娜，高斯太太又盛氣凌人的衝了進來。

「你是怎麼教孩子的？竟然把我家孩子都打傷了。」

「高、高斯太太？」

艾瑪大吃一驚，但是琪娜走到母親前面，似乎是想要保護媽媽。

「不是我的錯！是你家小孩找我的麻煩！」

「你竟然敢睜眼說瞎話，真是可悲的孩子！我家三個小孩都受了傷，大哭著跑回家了，你們要怎麼賠償啊！像你這樣的小孩，以後長大也不會是什麼好人！這麼凶的女生，誰都不會喜歡你！」

高斯太太對琪娜破口大罵。艾瑪看著她的樣子，聽著她說的話，感覺到一股前所未有的憤怒。

艾瑪把琪娜拉到自己身後，直視著高斯太太說：

「我會管教我的女兒，」艾瑪強忍著怒火，用平靜的聲音說：「也請你好好管教你家的孩子，叫他們不要再靠近我女兒。」

「什麼……你、你竟然說這種話！」

「廢話少說，請你離開。這裡是我家，外人不要隨便進來。走吧，請你離開。」

艾瑪和平時完全不一樣的態度，似乎嚇到了高斯太太。她雖然嘴上說著「我不會原諒你們」、「別以為我會就這樣算了」，但還是聽話走了出去。

艾瑪放鬆了下來，轉頭看著琪娜。

「琪娜……你沒事吧？」

「沒事啊，雖然一打三有點辛苦，但我還是打贏了。我把他們三個都推開了，但對那個手受傷的小鬼有稍微手下留情。」

「你們為什麼打架？」

「因為他們說我們家是他們家的僕人，不管他們說什麼我們都要聽，還說這是他們媽媽說的。我一聽就氣炸了。」

「這樣啊，我完全能夠理解你的心情。」

「媽媽？」

「嗯，琪娜，我覺得這次你做得很對。雖然打架不好，但你很爭氣。」

「嘿嘿，謝謝。」

琪娜難得對艾瑪露出了笑容。看到琪娜的笑容，艾瑪也下定了決心。

那天晚上，當托雷回家的時候，艾瑪對他說：

「老公，我們搬離這裡吧。原本我以為只要忍耐就好，但是我已經忍不下去了。我們為什麼要這樣膽戰心驚的過日子？我才不要因為鄰居的關係導致我們家庭破裂。我們搬家吧，趕快逃離這種地方。」

托雷既不驚訝也不生氣，反而用力點頭說：

「不瞞你說，我也是這麼想。」

他們很快就達成了共識，一家人開始準備搬家。

他們決定搬去一個人口稀少的寧靜村莊，那裡有一棟舊房子，雖然房子本身很舊，但整理一下就會發現屋子很寬敞，和隔壁鄰居家之間也有一段距離，這樣就不必為鄰居的事煩惱了。艾瑪他們第一眼看到這棟房子，就立刻愛上了。

而且那棟房子還有一個大院子，雖然目前雜草叢生，沒有樹木也沒有花，但以後可以種植果樹，還可以建花圃。

艾瑪最高興的事，就是看到琪娜開心的樣子。琪娜一看到這棟房子，立刻雙眼發亮。

「我喜歡這裡！如果可以搬來這裡就太棒了，什麼時候可以搬家？我們什麼時候搬家？」

「馬上就搬。」

艾瑪說到做到，她和托雷動作神速，安排好各種事宜。

搬家當天，艾瑪在車子出發時看向窗外。

她發現高斯太太站在自家院子裡，露出憤恨的眼神瞪著遠去的車子。

高斯太太從來沒有歸還借用的東西，但是只要能和她從此不相往來就行了，艾瑪一點都不覺得可惜。

艾瑪這麼想著，對正在開車的托雷說：

「不知道他們以後會怎樣？」

「誰知道呢！大家可能都會討厭他們，覺得他們是逼走隔壁鄰居的惡鄰，但這和我們沒有關係，我們不要再管他們家的事，也不要再想到他們了。」

「你說得對。」

不愉快的回憶就全部留在這裡，艾瑪帶著這種心情看向前方。

搬家的行李很快就送到了新家，接下來要把家具放進去，還要把餐具和衣服收進櫃子裡。

一天的時間根本來不及整理完，那天晚上還沒把床搭起來，一家三口只能睡在沙發上。

隔天早晨，托雷把艾瑪叫了起來。

「艾瑪、艾瑪，你趕快起床！你來看外面！」

「嗚哇……怎麼了？發生了什麼事？」

艾瑪揉著眼睛看向窗外，忍不住大驚失色。

她原本打算在空無一物的寬敞院子裡種植果樹和花卉，沒想到有一棵大樹出現在院子的正中央。

那是一棵樹根粗壯的大樹，樹身不高卻枝葉茂密，在樹下形成一片綠蔭。

艾瑪對那棵樹的枝葉和樹根十分熟悉。她絕對沒有看錯，它就是那棵樹，就是他們家之前失去的那棵樹，但是它為什麼會出現在這裡？

艾瑪的目光移向樹幹，樹幹上有一間樹屋，琪娜正從樹屋的窗戶探頭向她揮手。

看到女兒調皮又得意的笑容，艾瑪隱約知道這件事是琪娜的傑作。

「那孩子使用了魔法嗎？」

「也許是吧。不管怎麼說，她做了一件好事。自從那棵樹不見之後，我就渾身不對勁。」

「對啊，我也是，我覺得這棵樹保護了我們全家。」

「嗯，我們去琪娜那裡吧。對了，我們一起去樹屋吃早餐，你覺得怎麼樣？」

「這真是好主意，我馬上來做三明治。」

「那我去把牛奶倒在牛奶壺裡。」

艾瑪和托雷興致勃勃的張羅了起來。

4 代為保管的祕密

五歲的小女孩莎莉很愛說話，她總是忍不住想把自己的所見所聞和別人分享。

對莎莉來說，保守祕密是這個世界上最困難的事。當別人對她說「這是祕密」、「絕對不可以告訴別人」，她就更想要說出去，而且每次都無法抵擋這種誘惑，所以朋友最後都會責怪她：「莎莉，你不守信用！」、「我們不是說好，不可以告訴別人嗎？」

這種情況發生了好幾次，所以莎莉下定決心，以後要是知道其他人的祕密，她絕對不會告訴別人。她不想再被朋友說自己不守信用，也不想再看到朋友為這件事難過流眼淚了。

「我只要下定決心……一定可以做到。要是想說話時，就不要說祕密，說其他事情就行了。」

在不久之後的某天晚上。

莎莉在床上睡到一半，突然醒了過來。那時候應該是三更半夜，爸爸和媽媽都睡得很熟，家裡靜悄悄的。

但是她並不害怕，因為皎潔的月光從窗戶照了進來。

莎莉打開窗簾，發現大大的滿月掛在天上，發出明亮的光芒。因為月亮的關係，光線很明亮，看起來完全不像是晚上。

莎莉有點想去探險，於是悄悄溜出房間，來到了庭院。花草樹木閃動著微光，感覺充滿了神祕，就連平時根本不會多看一眼的小石頭，看起來也像寶石一樣。

「夜晚的散步太棒了！」

莎莉很開心，她穿越院子走到馬路上。馬路兩旁的房子靜靜的陷入了沉睡，只有路燈發出微光，路上連一隻小貓都看不到。

莎莉覺得全世界只剩下自己，忍不住呵呵笑了起來。

就在這時……

她突然聽到了嘩啦啦的水聲。聲音應該是從馬路對面的池塘傳來的，不知道是不是魚跳出水面的聲音。

莎莉感到很好奇，決定去一探究竟。

小小的水聲一直沒有停止，那絕對不是魚從水中跳起來的聲音。莎莉從池塘周圍的樹籬探頭張望，然後大吃一驚。

她看到一個年輕女人在池塘中，池塘的水淹到她的胸口，池水發出嘩啦啦的聲音，而且水面上還泛著漣漪。那個人是在游泳嗎？

但是她穿著衣服游泳未免太奇怪了。

莎莉正感到納悶的時候，那個女人心滿意足的從水裡走了出來，渾身溼淋淋的朝莎莉走了過來。

那個女人終於發現了莎莉。她們四目相接的時候，莎莉愣了一下，因為那個人臉上的表情很可怕，但是下一刻，那個人露出了有點困惑的僵硬笑容。

「莎莉……」

聽到叫聲，莎莉終於認出了對方。原來那個女人是瑪米姐姐，她就住在這附近，是一個很親切的姐姐。

莎莉鬆了一口氣，走向瑪米姐姐。

「瑪米姐姐，你為什麼會在這裡？為什麼在池塘裡？」

「我在游泳啊，因為流了汗，所以就想游泳。」

「穿著衣服游泳嗎？」

「因為我沒有泳衣，脫光衣服游泳太丟臉了。倒是莎莉，你怎麼這麼晚了還跑出來？」

「我在散步，現在正在探險。」

「你的爸爸、媽媽知道你這麼晚跑出來嗎？」

「不，他們應該不知道。」

「是喔……但是像你這麼小的孩子，應該不能在三更半夜獨自跑出來吧？」

莎莉聽了，忍不住著急起來。

仔細一想，她發現瑪米姐姐說得對，爸爸、媽媽一定不會允許她這麼晚還在外面走來走去，如果被爸爸、媽媽知道，一定會挨罵。但是就算她想隱瞞，也已經被瑪米姐姐看到了，如果瑪米姐姐去告狀，自己就慘了。

瑪米姐姐露出奇妙的眼神，看著驚慌失措的莎莉，然後突然笑著說：

「莎莉，我們要不要交換祕密？」

「交換祕密？」

「對，我不會告訴別人你這麼晚還在外面散步，我會為你保守祕密。」

「真的嗎？」

「對，但你也不能告訴其他人我在池塘游泳的事。如果別人知道這件事，一定會覺得我很奇怪。」

「好，我保證不說！」

「真的嗎？絕對不能說喔。只要你對別人提起一個字，我就把今天晚上的事告訴你爸爸、媽媽。」

瑪米姐姐的眼睛發出白色亮光，在那雙眼睛的注視下，莎莉忍不住倒退了幾步。但是她無法逃走，因為瑪米姐姐的手臂像蛇一樣伸了過來，用力抓著她的手臂。

莎莉覺得瑪米姐姐的指甲掐進了自己的肉裡，差一點就要哭出來了。瑪米姐姐今天不像平時那麼親切，感覺有點可怕，但是莎莉更害怕爸爸、媽媽知道她三更半夜跑出來散步。

「我絕對不會告訴別人。」莎莉又說了一次，瑪米姐姐才終於放開她。

「好，我相信你，你趕快回家吧……我會一直看著你，如果你不遵守約定，我馬上就會知道。」

「我會遵守約定，絕對會遵守約定！」

莎莉小聲說完，拔腿就跑。

她一跑回家，立刻跳到自己的床鋪上。

剛才被瑪米姐姐抓住的地方還在隱隱作痛，她那雙發出白色亮光的眼睛，一直烙印在莎莉的腦海中。

「好可怕，太可怕了。」但是莎莉不知道自己為什麼會這麼害怕。

莎莉的腦筋一片混亂，在不知不覺中睡著了。

隔天早上，當她醒來的時候，心情已經平靜下來了。在明亮的陽光下，就算想起昨晚的事，也不會感到太害怕。

但是傷腦筋的問題來了，「想把瑪米姐姐的事告訴別人」的想法越來越強烈。

到了第二天，莎莉覺得坐立難安，忍不住想要說出祕密。一看到爸爸、媽媽的臉，她幾乎要脫口告訴他們：「我跟你們說……雖然這件事不可以告訴別人……」

每次莎莉都要拚命克制自己。

明明已經決定不會再把別人的祕密說出去，而且瑪米姐姐也掌握了莎莉的祕密，如果莎莉不遵守約定，瑪米姐姐就會把莎莉半夜出去散步的事告訴媽媽。

她不想讓媽媽知道這件事。

因為莎莉一家人很快就要去旅行了，如果祕密被媽媽知道，媽媽可能會說：「你這麼不乖，半夜自己跑出去，我們不帶你出門旅行了。」莎莉期待這次旅行很久了，光是想到媽媽有可能會不帶自己出門，她就感到很害怕。

而且那天晚上之後，她經常在許多地方看到瑪米姐姐。無論是在市場、公園路口，還是去幼稚園的路上，都可以看到瑪米姐姐的身影。有時莎莉只是瞥了瑪米姐姐一眼，卻每次都會和她四目相接。瑪米姐姐那晚說得沒錯，她真的一直看著自己。

莎莉覺得很可怕，全身都起了雞皮疙瘩。但是她想說出祕密的想法越來越強烈了。到了第五天晚上，她已經快要忍不住了。那天晚上，莎莉在床上翻來覆去，想睡卻怎麼樣都睡不著。

她在上床前，看到瑪米姐姐站在家門前那條路的轉角處——瑪米姐姐連晚上也在監視莎莉。

莎莉嚇得急忙拉起窗簾，跳上了床，但是卻一直睡不著。

「啊，好想把瑪米姐姐的祕密說出來，我好想告訴別人！」

莎莉覺得很痛苦，想說的話似乎就快要從嘴裡跑出來了。她忍不住流下眼淚。

「我為什麼這麼愛說話？明明知道要遵守約定，也知道不遵守約定會有什麼結果，但是不行了，我已經忍不住了，要去告訴媽媽才行！可是這樣一來……我就不能去旅行了吧？唉，要是不知道那個祕密就好了，真希望能把祕密像東西一樣丟掉。」

莎莉這麼想著，從床上坐了起來，打算去找媽媽。

沒想到……

她一打開房門，就在自己的腳下發現了一張卡片。那張卡片很漂亮，莎莉情不自禁的撿了起來。雖然她幾乎不認得字，但是她認得自己的名字，而且那張卡片上寫了她的名字。

「這是寫給我的？是誰寫的呢？」

莎莉覺得很不可思議，她一打開卡片，立刻就被金色的光芒包圍了。等她回過神時，才發現自己站在一條陌生的街道上。這條街道瀰漫著濃霧，四周像深夜一樣靜悄悄的，莎莉頓時緊張了起來。

「這是怎麼回事？這種感覺太奇妙了。」

她仔細觀察四周，看到眼前有一道明亮的燈光。她朝著燈光的方向前進，看到一道白色的大門，上面鑲嵌著漂亮的彩色玻璃。

「來啊，快來這裡。」

莎莉似乎聽到了呼喚的聲音。她毫不猶豫的推開門，走進了店內。

店裡有一位瀟灑精明的男人，他的脖子上繫著和開心果相同顏色的絲巾，還有一隻會說話的橘貓，他們親切的迎接莎莉，還請她喝了甜甜的可可和法國土司。

莎莉慢慢喝完可可，又吃了加入大量奶油和蜂蜜的法國土司，心情終於變好許多。

男人似乎就在等待這一刻。他語氣平靜的告訴莎莉，這裡是名叫「十年屋」的魔法師商店，任何東西都可以委託這家店保管。只要有人想委託別人保管物品，就會收到這家店的邀請函。

男人說完，靜靜的注視著莎莉。

莎莉想了一下，覺得自己一定是在做夢。因為是在夢裡，所以把祕密說出來應該沒關係。

「我跟你說……我有一個祕密。」莎莉終於說了她很想說出口的祕密。

但是當她說完之後，後悔的感覺再度出現了。

她低下頭，小聲的說：「其實我已經跟人約好不會跟任何人說這個祕密……但是我無論如何都想說出來。想說又不能說，真的忍得好難過。早知道我一開始就不要知道這種祕密……叔叔，你也覺得我是壞孩子嗎？」

「叔、叔叔？」

那個男人露出有點驚訝的表情，輕輕的咳了一下。

「嗯，我沒辦法決定你是好孩子還是壞孩子，因為我不了解你。但是我知道一件事，既然約定了就一定要遵守，這是絕對要做到的事，也是理所當然的事。」

「我就知道……」

「只是……有些事情原本就不該約定，我認為這種約定，就算不遵守也沒有關係。」

「咦？」

十年屋對有點驚訝的莎莉點了點頭。

「總之，我了解情況了，我可以為你保管祕密。」

「那……我會怎麼樣呢？」

「這樣一來你就沒有祕密了。沒有祕密，你就不會有想要告訴別人的想法，也不必擔心自己會破壞約定。但是將來有一天……等你長大之後，你應該就會知道，你不應該和對方約定這件事。」

男人的最後一句話，小聲得像是在喃喃自語，所以莎莉並沒有聽到。即使她聽到了，應該也不會放在心上。

「終於能擺脫這個沉重的祕密了。」莎莉滿腦子都在想著這件事，所以即使聽到魔法師說：「你必須支付一年的時間。」她也完全不覺得害怕。

她雙眼發亮的大喊：

「幫我保管！拜託，我不想要這種祕密！」

於是，莎莉就這樣將祕密交給十年屋保管了。

然後……

轉眼之間，莎莉回到了自己的房間。她發現自己並沒有躺在床上，而是站在門前，忍不住偏著頭感到納悶。

「我……為什麼起來了？」

她記得自己睡不著所以才起床這件事，她好像是要找媽媽說什麼事，但是現在完全想不起來自己要說什麼。

「先去媽媽房間看看。」莎莉打開了房門。

才一開門，一團黑煙就撲了過來，莎莉嚇得倒吸了一口氣。

走廊上都是煙霧，她看到煙霧後方閃著紅色和橘色的火光，呼吸時能感覺到肺和喉嚨都很不舒服。

「著火了！房子燒起來了！」

莎莉終於察覺到「火災」這件事，急忙跑去後面的房間叫爸爸、媽媽起床。

※

莎莉待在房間裡，恍惚的看著窗外的景致。

現在是傍晚時分，夕陽將所有事物都染成了紅色，遠方的那排樹木就像是燃燒的火把一樣。看到眼前的景象，她很自然的想起十年前的那場火災。

十年前的那個夜晚，莎莉的家燒了起來，而且把房子燒得精光，連家具和玩具都燒成了灰，幸好全家人奇蹟似的平安無事。

爸爸和媽媽異口同聲的說，多虧莎莉救了他們。

「如果那天不是你來叫醒我們，我們全家應該都被煙嗆死了。」

「真的多虧了莎莉。」

也許是因為爸爸、媽媽經常提起那件事，所以她至今仍然清楚的記得當時發生了火災。但是住在那棟房子的記憶，現在已經變得模糊不清了。

「自己為什麼能這麼快就發現火災？為什麼那天晚上自己會中途

醒來？」這些細節她已經想不起來了。每次一想到這裡，她就會焦慮得像是喉嚨裡卡了一根刺。即使她現在已經十五歲了，仍然會為這件事感到煩躁不已。

「那天晚上，在火災發生之前，應該發生了什麼事……啊！我真是太無聊了，就算現在想起來也沒有用啊。」

當她放棄回想，準備離開窗邊的時候，聽到了「啪答」的聲響。

莎莉轉過頭時嚇了一跳，因為玻璃窗外黏了一張卡片。

「是被風吹過來的嗎？」但是她記得自己曾看過這張有金色和綠色蔓草圖案的深棕色卡片。

「我看過這張卡片，我在很久以前看過。」

莎莉急忙走過去打開窗戶，拿下黏在窗戶上的卡片。卡片上寫著收信人是莎莉，寄信人則是「十年屋」，上頭還寫著：「為你保管物品的期限即將屆滿」。

莎莉的腦海中，浮現了一個瀟灑精明的男人和一隻橘色的貓，同時也想起可可和法國土司的味道。

「對了，我曾經見過他們。我一直以為那只是個夢，所以才忘記了……」

她對於自己為什麼會忘記這件事感到很納悶，不過她覺得有種很懷念的感覺。雖然想不起自己委託那家店保管了什麼東西，但她很想再次見到那位魔法師和名叫客來喜的貓。

莎莉這麼想著，打開了卡片。魔法立刻發揮了效力，把莎莉帶到那條濃霧瀰漫的街道。

魔法師的店鋪依然在那裡。她推開那道鑲了彩色玻璃的白色大門，那個男人便上前迎接她。

「又見到你了。」

魔法師露出微笑對她這麼說。他的樣子和十年前一模一樣，管家貓客來喜也站在旁邊，向她鞠躬問候。

莎莉開心得胸口發燙。

「好久不見！你們完全沒變，真是令人驚訝！」

「因為我是時間的魔法師啊。你長大了，現在已經變成一位淑女了。」

魔法師平靜的對滿臉通紅的莎莉繼續說：

「既然你來到了這裡，就代表你要領回放在本店保管的東西了，對嗎？」

「喔，關於這件事……其實我想不起來自己在這裡保管了什麼東西……」

「這很正常，因為你委託本店保管的是祕密。在你領取之前，不可能會回想起來。」

「祕、祕密？」

「對，十年前你不知道該怎麼處理那個祕密，但我相信現在的你，應該已經可以判斷該怎麼處理那個祕密了。」

說完令人不解的話，魔法師輕輕的揮了揮手，一個很大的泡泡便從天花板上飄了下來。

泡泡裡有一團像是煙霧的東西，它像具有生命力一樣動來動去。然後……

那個泡泡在莎莉面前破掉了。

「啊！」

莎莉忍不住向後退了一步，下個瞬間，她便回到了自己的房間。魔法師和客來喜已經不見蹤影，他們在轉眼之間消失了。

但是，她的腦海中出現了前一刻還沒有的記憶。

她看到瑪米姐姐在深夜的池塘裡游泳，還有瑪米姐姐跟她說「不可以告訴任何人」的約定。

「祕密。沒錯，這是個祕密的約定，但是這種約定真無聊……我竟然要靠魔法處理這種事，到底是有多愛說話啊？受不了，真是有夠丟臉的。」

莎莉苦笑之後，想到了一件事。

為什麼瑪米姐姐要在池塘裡游泳？而且感覺她不像是在游泳，而是在清洗身體。而且當時瑪米姐姐發現有人看到她的時候，曾露出很可怕的眼神。

「這件事絕對有問題。」莎莉很在意這件事，總覺得哪裡不太對勁。

她回想起家裡發生火災的那一晚，她在睡覺前看向窗外，發現瑪米姐姐就站在家門前的轉角處。

當她想起一件事之後，其他記憶也接連浮現在腦海中。

莎莉發現自己冒出了冷汗。

「我們家會發生火災……該不會是因為瑪米姐姐縱火吧？她是想要封我的口嗎？但是不可能啊，就算三更半夜在池塘游泳的確很奇怪，但是沒必要為了這個祕密殺人滅口吧。」

莎莉怎麼也沒辦法消除這種負面的猜想，最後忍不住走去廚房問正在準備晚餐的媽媽。

「媽媽，關於我們之前住的地方……在我們家發生火災的前幾天，有發生過什麼事件嗎？」

「哎喲，原來你知道啊。」

「果然有發生了什麼事嗎？」

媽媽看著莎莉的臉，輕輕嘆了一口氣說：

「嗯，現在告訴你應該也沒關係了。在我們家發生火災的五天前，距離我們家四個街口的地方發生了可怕的命案……有一對夫妻遭到攻擊，他們躺在床上睡覺，卻突然被人毆打。真是太可憐了，那位太太撿回了一命，但是先生卻死了。」

「是誰做了這麼可怕的事？」

「不知道。但是那位先生很英俊，經常在外面惹事……好像和外面的女人發生了許多糾紛。」

「所以凶手可能是個女人嗎？」

「警察是這麼說啦，但是後來並沒有抓到凶手。雖然有用警犬追查凶手的氣味，但是中途就找不到了。聽說凶手在池塘裡清洗身體，把氣味洗掉了，就是我們家附近的那個小池塘。」

「周圍有樹籬的那個池塘嗎？」

「對對對，就是那個。想到凶手就住在我們家附近，不是很毛骨悚然嗎？那時候你還小，所以不想讓你知道。」

不過莎莉是因為其他原因感到毛骨悚然。

現在所有事情都連起來了。她知道了那麼可怕的祕密，接下來該怎麼辦呢？

正當她快要崩潰時，她想起了那位魔法師說過的話：

「有些事情原本就不該約定。我相信現在的你，應該已經可以判斷該怎麼處理那個祕密了。」

莎莉的心突然鎮定了下來。她的臉色仍然很蒼白，但是她站起身說：

「媽媽……我要去警局一趟。」

「咦？怎麼了？你怎麼會突然說這種話？」

「我……知道誰是凶手。」

媽媽聽了瞪大眼睛，於是莎莉緩緩把自己看到的一切說了出來。

5 神祕的鑰匙

席福呆呆的嘀咕著：

「我叫席福．湯姆，今年二十八歲，在名叫康朵的港都出生。我是公車司機，我沒有家人，雖然有一個舅舅，但是沒有聯絡……」

這一年半以來，他像是在唸咒語一樣不停的重複這段話。但是不管說幾次，他都沒有真實感，更不覺得那就是自己。

席福在一年半前發生了意外。

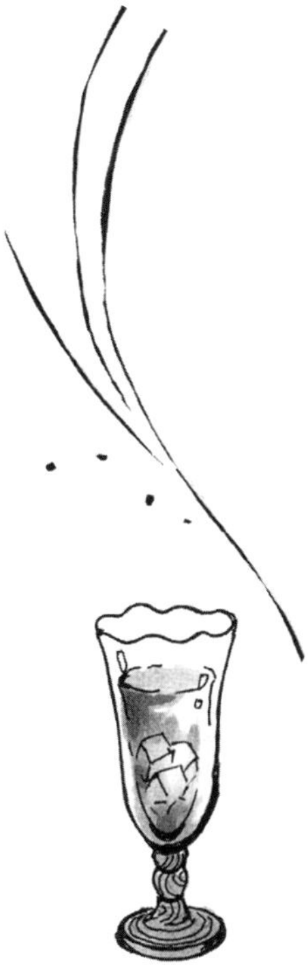

他從荒野的陡坡墜落，頭部受到重傷，幸好撿回了一命。席福在醫院的病床上醒來時，失去了所有的記憶。他想不起自己是誰，最後還是靠口袋裡的身分證，才知道自己名叫席福・湯姆。

之後席福一直搞不清楚自己是誰，腦海中彷彿有灰色的漩渦一直翻騰，雖然偶爾會閃現一些記憶，但他還來不及抓住，就又消失在漩渦裡了。

他感受到極大的孤獨和不安，有時候還會伴著劇烈的頭痛，甚至讓他沒辦法好好的工作。

幸好好友澤恩細心的照顧他。

席福也完全不記得澤恩的事，但是他從醫院醒來的時候，澤恩就陪伴在他身旁。

「你應該慶幸自己撿回了一命。反正記憶可以慢慢找回來，你現在就好好休息吧。如果你沒有地方住，可以到我的公寓跟我一起住。」

澤恩讓席福住在他的公寓裡，這一年半以來，都是他在照顧席福的飲食和生活起居。

席福在感激的同時也覺得很抱歉。他覺得自己不能一直依靠朋友澤恩，必須趕快找到工作，努力回報朋友的恩情才行。所以他得趕快找回記憶，只要找回記憶，就不會突然感到不安和恐懼，那種踩不到地的無助感應該也會消失。

所以席福很努力回想自己遺失的記憶，也很積極外出，想尋找有沒有自己熟悉的地方或是認識的人。

這一天，他來到一個很大的公園散步，但是他嗅聞草地的味道，看著池塘內的睡蓮，卻完全想不起任何事。

他覺得很疲累，在長椅上坐了下來。

這時，澤恩走了過來。

「席福，原來你在這裡。我不是告訴過你，你要出門的時候叫我一聲，我會陪你嗎？你一個人在外面亂走亂晃，萬一又失去記憶怎麼辦？」

「對不起，因為你剛才在打電話，看起來很忙碌。我想，只是來公園，一個人也沒問題。」

「這不是重點吧？總之，下次千萬別再一個人出門了。對了……你有沒有想起什麼事？」

「沒有……完全不行。」

「是嗎？已經一年半了……下次要不要試試催眠術？搞不好能夠

喚醒你的記憶。」

「好啊，我下次試試看。」

席福點了點頭，準備從長椅上站起來。這時，正在附近散步的幾個女人叫嚷了起來。

「啊！糟糕，我的鑰匙好像掉了。」其中一個人喊著。

「怎麼會這樣！趕快找找看，你記得是在哪裡掉的嗎？」

「嗯，我出門的時候還帶著鑰匙……拜託你們陪我一起找，如果沒有鑰匙，我就回不了家了。」

「撲通！」

席福的心臟劇烈跳動，同時產生了劇烈的頭痛。他忍不住蹲在地上。

「喂，席福！你、你沒事吧？你怎麼了？」

「呃，呃呃呃……」

席福無法回答澤恩。劇烈的頭痛像大浪一樣不斷湧入腦中，一個念頭從頭痛的浪濤中浮現出來。

「鑰匙。」

「對了，鑰匙。」他想起來了。「我有一把鑰匙，一把很重要的鑰匙。我想把鑰匙拿回來，得把鑰匙拿回來才行。」

他強烈的這麼想著，然後精疲力盡的昏了過去。

「喂、喂，席福！你快醒一醒！」

聽到澤恩大叫的聲音，席福終於睜開了眼睛。最先映入他眼中的，是朋友蒼白的臉。

「啊，澤恩……對不起，我剛才又昏過去了。」

「先不管這個，我們遇到麻煩了，你看看這裡。」

席福拉著澤恩的手，搖搖晃晃的站了起來，發現自己站在一片濃霧中。

濃厚的霧氣閃著隱隱約約的銀光，有些地方則閃著藍光，緩緩的包圍了他們。

四周一片寂靜，沒有任何草木的芳香，而且濃霧中出現了一條有一整排紅磚店面的街道。他們腳下的草皮消失了，變成一條石板路。

席福以為自己在做夢，忍不住捏了捏自己的手。

「這、這是怎麼回事？澤恩，這、這裡是哪裡？」

「我也不知道。你昏過去之後，就湧來一片濃霧把我們包圍了。完全看不到公園，卻出現了這條奇怪的街道……這情況很不尋常，絕對有問題。」

「嗯，你說得對。」

席福緊張得瞪大眼睛，看到濃霧中有一盞燈光，就像照亮夜晚海面的燈塔一樣，不停的在向自己招手，叫他們「過來、過來」。

「澤恩，我們去有燈光的地方。」

「還是站在原地不動比較好吧？」

「就算站在這裡不動，情況也不會好轉。不然我自己過去看看，你可以在這裡等我。」

「嗯……我不要一個人留在這裡，我們一起走吧。」

於是，他們一起邁開了步伐。

才走不到五步，就能清楚看出亮光是什麼了。那是一道白色的門，鑲嵌在門上的彩色玻璃透出了溫暖的光。

席福看到那道門，產生了一種奇妙的熟悉感，他忍不住想要趕快推開那道門。

「澤恩，我們走吧。」

「喂、喂，席福，是不是小心一點比較……」

席福不聽澤恩的勸阻，打開那道門衝了進去。

門內雜亂的堆放了很多東西，家具和老舊玩具之類的東西堆得高高的。

「喂，這裡是怎麼回事？是倉庫嗎？」

「不知道……我覺得自己以前好像來過這裡。」

「喔、喔，你的記憶恢復了嗎？」

「現在還不清楚，只是有一種熟悉的感覺。」

席福和澤恩小聲說話的時候，一個年輕男人從狹窄通道的另一端走了過來。那個男人看起來瀟灑精明，穿著很有品味的深棕色西裝背心和長褲，脖子上繫了一條紅棕色絲巾，看起來很時尚。

年輕男人的銀框眼鏡微微一閃，對著席福露出笑容。

「很高興我們又見面了。既然你來到本店，是不是想要領取之前委託本店保管的物品呢？」

年輕男人很親切的向席福打招呼，席福嚇了一跳，忍不住仔細打量對方。

那個男人雖然很年輕，氣質卻像大樹一樣泰然自若，他的眼睛像是封存了古老歲月的琥珀。「啊，我的心跳得好快。他以前見過我，他一定認識我。」席福這麼想著，一時說不出話來。

澤恩小心翼翼的代替席福開口問：「你認識他嗎？」

「當然啊，只要是來過本店的客人，我都不會忘記。他是在一年半前來到本店的席福・湯姆先生，你過得好嗎？」

聽到那個男人叫自己的名字，席福終於回過了神。

「我以前來過這裡嗎？」

「不好意思，請問你這句話是什麼意思？」

「不瞞你說……我因為發生意外，所以失去了記憶。」

「哎呀，居然有這種事。」

席福向大吃一驚的年輕男人簡單說明情況。

「我今天突然想起自己原本有一把鑰匙，那是很重要的鑰匙，必須把鑰匙拿回來才行。一想到這件事我就昏了過去，當我醒過來的時候，就和澤恩一起被濃霧包圍了。」

「原來是這樣，真是辛苦你了。」男人語帶同情的說。

「你之所以會回到本店，是因為你想要把鑰匙拿回去，所以通往本店的道路才會開啟，嗯……你委託本店保管的正是一把鑰匙。」

「我的鑰匙在……在這裡嗎？」

「對，本店受你之託，代為保管鑰匙。這裡是『十年屋』，客人可以用時間委託本店保管所有的東西。」

澤恩大吃一驚，後退了一步。

「所、所以……你是魔法師嗎？」

「是的，請叫我十年屋。席福．湯姆先生，你要馬上領取鑰匙嗎？」

席福還來不及回答，站在他身後的澤恩就小聲對他說：

「喂，席福，你趕快說『對』。這是個好機會，可以找回一樣你失去的東西，只要拿回你的東西，或許可以喚醒更多記憶。」

「有、有道理，那我要領取鑰匙。」

「好的。」

名叫十年屋的魔法師恭敬的鞠躬之後，接著拍了一下手。

一個氣球從天花板緩緩降下，淡淡的彩虹色氣球像肥皂泡一樣透明，裡面飄浮著一把鑰匙。

那是一把鐵製鑰匙，有好幾個地方都生鏽了，看得出來很有歷史。鑰匙柄的前端，有一個像雪花結晶的飾品。

十年屋用手指彈了一下，肥皂泡就破了，裡頭的鑰匙緩緩落到席福手中。

席福一直盯著手中的鑰匙，感覺似曾相識，又覺得好像從來沒有看過。他的內心焦急不已，煩悶得不得了。

「本店已經將你委託保管的物品交還給你了。」

「謝謝，但是……這是哪裡的鑰匙？」

「這種事不重要啦，」澤恩的口氣很不耐煩，「它一定是家裡的鑰匙。你找回了一樣自己的東西，也找回了一個記憶，這樣就夠了。走吧，我們回家吧。」

澤恩催促著，雙眼布滿了血絲。

但是席福還想繼續留在十年屋，他覺得只要自己待在這家不可思議的店裡，或許就能喚醒更多記憶。

席福看著十年屋，想從他身上尋找記憶的線索。

「一年半前，我有沒有對你說，為什麼要請你保管這把鑰匙？」

「不，你完全沒有提到，只不過你當時看起來神色慌張，而且好像很害怕。」

「很害怕……」

「對，恕我失禮，當時我還以為你是從哪裡偷了這把鑰匙。」

「他怎麼可能會做這種事！」澤恩插嘴說道，語氣聽起來咄咄逼人。

「算了，席福，我們趕快回家，去找這把鑰匙可以打開的房子。我想起了一個地方……」

「是、是嗎？」

「對，所以我們趕快離開，走吧。」

澤恩用力拉席福的手時，席福再次感受到劇烈的頭痛。因為頭痛實在太過劇烈，席福頓時覺得頭昏眼花。

「呃、呃呃呃呃呃……」

看到席福蹲在地上，十年屋露出驚慌的表情問：

「你、你還好嗎？要不要去裡面的沙發上休息一下？」

但是澤恩推開了十年屋伸出的手。

「他沒事。那場意外發生過後，時不時就會有這種狀況。你不要多管閒事，不要再糾纏他了。」

「但是……他看起來很不舒服，失去記憶應該也很痛苦……或許我可以幫上忙。」

聽到十年屋說出這句令人意想不到的話，席福一下子忘記了頭痛，抬起頭來。

「真、真的嗎？」

「對，我有一位魔法師朋友快要來了。只要拜託他幫忙，也許可以釋放你的記憶。」

「開什麼玩笑！」澤恩出聲大喊，「席福，不要聽他的。魔法不是什麼好東西，魔法師一定會要你付出代價，你千萬別上當。拜託你和我一起回去，好不好？」

「對不起，澤恩，我想試試魔法的力量。只要能夠找回記憶，我願意付出任何代價。不知道自己是誰，一直給你添麻煩，我已經受夠這種生活了。」

「我不覺得你給我添麻煩。拜託你，我們回去吧。你已經拿回了鑰匙，這樣不就好了嗎？如果你無論如何都要見那個魔法師，那你先把鑰匙給我，讓我為你保管。萬一等一下來這裡的魔法師心地很壞，要你用這把鑰匙當作代價，那不是很傷腦筋嗎？對不對？」

席福覺得很不可思議。

「這是怎麼回事？」他有一種不對勁的感覺，「為什麼澤恩這麼急著要回去？而且他好像很想要這把鑰匙，為什麼呢？」

席福正想發問時，聽到了「叮鈴鈴」的清脆鈴聲，原來是十年屋的白色大門打開了。

「嗨喲！」一個留著長鬍子的高大老翁走了進來。

他穿著藍色連身工作服，戴了一頂大草帽，簡直就像是農民。他的臉頰紅得像顆蘋果，還有一雙炯炯有神的藍眼睛，一看就知道是開朗善良的人。

他腰間的粗皮帶上掛著很多鎖，發出叮叮噹噹的聲音，而他的長鬍子上綁了不計其數的鑰匙。

十年屋張開雙手，走上前迎接老翁。

「波爺爺，歡迎你來！」

「哎呀哎呀，十年屋，不好意思，這麼晚才來找你。我看到你留給我的信，很想馬上來找你，但是剛好有很多工作忙得走不開。啊啊，我快渴死了。不好意思，可以給我一杯飲料嗎？」

「當然沒問題。客來喜、客來喜！拿杯飲料給波爺爺。」

十年屋對後方叫了一聲，立刻有一隻大貓跑了出來。牠一身橘色的毛，穿著黑色天鵝絨背心，用兩條後腿走路。牠的手上拿了一個很大的杯子，裡面裝滿顏色很漂亮的紅色果汁。

橘貓走到老翁面前遞出果汁，用可愛的聲音說：

「請喝果汁喵，這是草莓水喵。」

「喔，真是太謝謝你了。」

老翁接過草莓水，咕嚕咕嚕的喝完了。

「啊，總算活過來了！真是太好喝了。乖貓，謝謝啦，我第一次喝到這麼好喝的草莓水。」

「要不要再喝一杯喵？」

「不、不用了，謝謝你。」

橘貓開心的笑著走了回去。

老翁回頭看著十年屋說：

「讓你久等了，你找我有什麼事？」

「喔，我的事等一下再說，可以請你先聽一下這位年輕客人的事嗎？他很傷腦筋，恐怕需要你的幫助才能夠解決問題。」

「嗯，你們誰先都沒關係，只要有工作，我都很歡迎。」

老翁說著看向席福，看到他手上的鑰匙時，不由得瞪大了眼睛。

「哎呀呀，這不是我製作的鑰匙嗎？讓我看一下。嗯，果然沒錯，這的確是我製作的鑰匙，沒想到會在這裡看到。」

波爺爺高興得眉開眼笑，於是十年屋開口問他：

「既然是你製作的鑰匙，意思就是有人委託你製作，對嗎？請問委託你製作鑰匙的人，是這位席福・湯姆先生嗎？」

「不，不是他。委託我做這把鑰匙的客人年紀更大，是一個玩具收藏家。他說壞蛋和小偷都想要他的玩具，為了保護那些玩具，他想把整棟房子封印起來，所以才找我幫忙。我成全了他的願望，把他的房子封印起來，只有拿著這把鑰匙的人，才能走進他的屋子。」

波爺爺用愉快的表情說著，席福則是一臉呆滯的看著他。

「把整棟房子封印起來？他說的到底是什麼意思啊？」

十年屋看到席福似乎無法理解，於是開口向他說明。

「這位是封印魔法師波爺爺，你聽他的名字就知道，他可以封印東西，也可以釋放及打開所有事物。其實你的記憶好像就是遭到了封印，不過波爺爺應該可以釋放你的記憶。波爺爺，請你幫他看一下，他喪失了記憶。」

「好、好，交給我吧。請容我失禮一下。」

波爺爺的大手溫柔的摸了摸席福的頭。

「嗯，沒錯，的確是遭到了封印。雖然有點棘手……但是可以解除。」

「真、真的嗎？請你幫我解除，拜託了！」

「但是，你必須支付報酬。」

波爺爺注視著席福說：

「剛才十年屋也說了，我是封印魔法師。如果要封印某些東西，就要同時解除你被封印起來的東西。相反的，委託我解除封印時，也必須提供其他東西讓我封印，這就是封印魔法的代價。你要讓我封印什麼呢？你有這樣的勇氣和心理準備嗎？」

席福仔細的想了一下，發現這是一件可怕的事——自己為了找回記憶，就必須失去某些東西。

但是……

即使澤恩不停的小聲對他說：「不要這麼做。」也沒有動搖席福的決心。

「現在的我可以說是一無所有，所以我很不安……只要能擺脫這種狀態，要我交出什麼都沒有問題。你可以隨便封印屬於我的任何東西，請讓我恢復記憶吧。」

「好吧，那我就先解除你的封印。請坐在這個木箱上，放鬆全身的力氣。」

「要、要多久的時間？」

「馬上就結束了，沒有我無法解除的封印。」

波爺爺露齒一笑，高聲唱起歌來。

荊棘鉤藤蔓薔薇，
牢牢相纏封印住，
用水用火都無解。
蒐集月光和星光，
馬上打造金鑰匙，
插進生鏽鑰匙孔，
寶物立刻得解放。

這是一首魔法之歌，席福可以感受到歌曲和歌聲充滿了魔力。

而且波爺爺的歌聲漸漸進入了席福的身體，好像有肉眼看不見的蔓草「咻咻咻」的伸進他的腦袋，在他的腦中探尋。那種感覺並不會不舒服，反而很溫柔。

席福陶醉其中的時候，身體突然感受到微小的衝擊。在他聽到彷彿鑰匙開鎖的聲音後，許多回憶頓時在他的腦海中浮現。

❖

「舅舅、舅舅，我是席福。我是你的外甥席福，請你開門。」

「咚咚咚。」席福用力敲著褪色的藍色大門。

三天前，他收到好久不見的葛福舅舅寄給他的信，信上寫著：

「誠摯的邀請你一定要來家裡看我。」

席福對舅舅並不是很了解，只知道他從年輕的時候就很熱愛玩具，到了適婚年齡也沒有結婚，把整個人生都奉獻給玩具。舅舅和席福家幾乎沒有來往，四年前母親的葬禮，是席福最後一次看到他。

「舅舅現在找我到底有什麼事？」

席福雖然很納悶，卻還是決定去舅舅家看一看。

信上的地址是遠離市中心的偏僻荒野，周圍不僅沒有村莊，就連房子也完全看不到，地上只有一些灰色的石頭，還有零星的雜草。

這片荒涼的土地上有一棟很大的房子，那就是葛福舅舅的豪宅。

雖然說是豪宅，但房子看起來搖搖欲墜，建築物有點傾斜，窗戶緊閉，窗簾也都拉了起來，屋內完全沒有燈光。

席福覺得這棟房子看起來很像鬼屋，但還是敲著已經褪了色的藍色大門。

不一會兒，大門隨著「吱呀」一聲打開了。

「啊，舅舅，我……嗚哇！」

舅舅突然抓住席福的手用力一拉，把他拉進了屋內。席福被拉得差一點跌倒，轉頭一看，只聽到砰一聲，舅舅急急忙忙的關上了

大門。

「舅、舅舅？」

四年不見，舅舅看起來很憔悴。他的臉色很差，臉上的鬍子沒刮，衣服看起來皺巴巴的，很久沒整理的頭髮也翹了起來，渾身散發出一股惡臭。但是他雙眼發亮，看起來很可怕。

葛福舅舅小心翼翼的鎖好門，然後問席福：

「你來這裡的路上有沒有遇到誰？有沒有被人看到？」

「不，沒有，我沒有遇到任何人。」

「不，一定有，絕對有。你一定被誰發現了，因為有人在監視這棟房子。」

「舅舅，你在說什麼啊？」

「我被人盯上了。」

「誰、誰盯上了你？」

「心懷不軌的壞蛋。有一天，那個傢伙上門，要我把其中一個收藏品賣給他，那是……我在黑市買回來的珍貴玩具，雖然還有其他買家也想要，但最後被我買到了。那天之後，我就被盯上了。」

「那就……趕快報警，請警察保護你。」

「不、不能報警。」

葛福舅舅臉色發白，用力搖著頭。

「為什麼不行？」

「因為我的收藏品，有很多……不是透過正當交易手段取得的，警察只要一看就會發現，也會把我的玩具沒收。」

「舅舅！你為了蒐集玩具，不惜做出違法的事嗎？」

席福驚訝的大叫，葛福舅舅卻露出疲憊不堪的笑容說：

「我也覺得自己有問題，但我真的走火入魔了。為了增加玩具收藏，我甚至做了一些無法向別人啟齒的事。為了得到難得一見的玩具，我也不只一次參加了賭命的遊戲。」

「舅舅……」

「我為了蒐集這些玩具不擇手段，這些收藏品是我的寶貝，只屬於我一個人。」

席福終於知道葛福舅舅雙眼發亮的原因了。

是「貪婪」。就像一隻年邁的龍堅守著寶藏洞窟一樣，葛福舅舅也為了死守這些收藏品而不斷掙扎。

席福不由得對舅舅產生了同情。

葛福舅舅突然無力的垂下頭。

「說實話，我為自己以前做的這些事感到羞恥，每次看到那些不該屬於我的東西，我就感到後悔莫及。」

「既然如此，那就物歸原主，把玩具還給它們的主人，然後去報警，請求警察保護。這樣一來，不是什麼問題都沒有了嗎？」

「我想這麼做卻沒有勇氣。我希望這些玩具在我有生之年都是我的東西，雖然我很討厭自己這麼貪婪，卻沒辦法克制……我找你來，就是為了這件事。」

「什麼？」

「這個交給你保管。」

葛福舅舅交給他一把很大的鐵鑰匙，鑰匙上有鏤空的透雕設計，還有雪花結晶的裝飾。

「這是這棟房子的鑰匙，同時也是一把有魔法的鑰匙。」

「魔法鑰匙？」

「對，」葛福舅舅笑了笑說：「當我得知被人盯上之後，就想要保護自己的收藏品，當時我真的很焦急，結果就遇到了魔法師。」

「魔法師！」

葛福舅舅對大吃一驚的席福點了點頭說：

「魔法師看到我很煩惱，於是就用保護的魔法幫我封印這棟房子。如果不是用這把鑰匙開門，就無法進入這棟房子，即使想從煙囪或窗戶闖進來，也絕對不會成功。不管用什麼工具，都沒辦法把門或牆壁打破，這完全就是我想要的魔法。」

葛福舅舅可能是說累了，他搖搖晃晃的走到旁邊的椅子上坐了下來。

「我到死都不會離開這棟房子，我想在心愛的玩具包圍下死去。不用擔心，我做得到，地下室有十年份以上的罐頭和瓶裝食品……老實告訴你，我已經有兩年完全沒出門了。」

「舅舅……」

「這是我選擇的幸福方式。等我死後，請你讓這些玩具恢復自由，你可以把它們歸還給合法的主人，也可以捐給博物館，剩下的玩具就隨你處理。我想把這些玩具送去拍賣是最好的方法，應該可以賣出很高的價格，那些錢，你就當作是我留給你的遺產。」

「我不需要遺產……舅舅，你的氣色很差，你把自己關在房子裡兩年，就表示你完全沒有晒太陽吧？而且只吃罐頭食品也很不健康，你還是去看一下醫生比較好。」

「你不必操這個心。我對自己目前的生活很滿足，而且也已經把鑰匙交給你了。你差不多該回家了，請你在三年後再來這裡，如果到時候我已經死了，就請你處理那些收藏品。知道了嗎？那就拜託你了。」

葛福舅舅逼他答應之後，就把他趕了出去。

聽到門在身後「啪」的一聲關上，席福先是愣在原地片刻，然後在回過神後快步走了起來。

「太可憐了。」不管席福再怎麼想，都覺得舅舅不太正常。「舅舅生病了，我得馬上帶他去看醫生才行，還要讓他吃一些有營養的食物。到底該讓他吃些什麼呢？」

天色已經黑了，席福一邊想著這些事，一邊走在荒野小路上。

這時，他突然感覺到背脊湧上一陣寒意。

他忍不住轉頭查看，立刻大驚失色。

他發現不遠處有微小的亮光。那是提燈的光芒，而且燈光越來越靠近，也聽到了「啪答啪答」的腳步聲。

「有個人追上來了。」席福第一次感到害怕。

「也許舅舅說的話是真的。有壞蛋在打舅舅那些玩具收藏品的主意，而且一直不死心，現在還盯上了剛離開舅舅家的我。」席福想。

席福跑了起來，但是要在黑暗的荒野中奔跑並不容易。他的手上沒有提燈，被凹凸不平的小路絆到、跌倒在地好幾次，每次摔倒他都聽到身後的腳步聲越來越近。

被不明人物追趕，讓席福感到害怕不已。

席福腦中閃過好幾種想法：照這樣下去，自己很快就會被追上，到時候就只能把鑰匙交給對方了嗎？但是自己這麼做，葛福舅舅會有什麼下場？可憐的舅舅只是想在喜歡的東西包圍下安靜生活，席福不希望有人去打擾舅舅。

「啊……有沒有什麼方法可以保護這把鑰匙？」席福心想，「我要守住鑰匙！我要把它藏到某個地方！」

當他強烈的想著這件事的時候，突然有個白色的東西包圍了他的身體。

「這是怎麼回事？」

席福忍不住停下腳步，瞪大了雙眼。

轉眼之間一陣濃霧籠罩了四周，前一刻還伸手不見五指，現在卻隱約能看到街道旁有一排用紅磚建造的房子，也可以看到朦朧的路燈。

「怎、怎麼會有這麼荒唐的事……」

荒野消失了，黑夜也消失了，那個在身後追逐席福的不明人士也不見了。

「簡直難以置信，難道我是在做白日夢嗎？」

他捏了捏自己的臉，可以明確感受到一陣疼痛。

「這不是夢，而是現實，但是這裡是哪裡？」席福十分疑惑。

他四處東張西望，但是這條不可思議的街道完全沒有人影。席福無可奈何，只好走向唯一有亮光的那棟房子。

他戰戰兢兢的推開那道白色的門，發現裡面像倉庫一樣堆滿了東西。

正當席福為眼前的一切大吃一驚的時候，一位身穿深棕色西裝背心和長褲的男人從裡頭走了出來。男人有一雙琥珀色的眼睛，他向席福說自己叫十年屋，接著又說了很多不可思議的話。

這裡是名叫「十年屋」的魔法師商店，可以用魔法為客人保管任何物品十年的時間。因為席福強烈的想要保護某個東西，所以通往這家店的道路才會開啟。不過客人委託保管物品時，必須要支付一年的時間。

席福了解十年屋所說的每一句話。

目前只有魔法能夠達成席福的心願，所以他才會來到「十年屋」。需要支付一年的時間？席福覺得完全沒問題，他欣然接受。

「要不要喝杯茶？」魔法師這麼詢問，不過他拒絕了魔法師的邀請，只是匆匆把鑰匙交給他保管。等到簽約完成，席福終於鬆了一口氣。「這下子總算沒問題了。」席福的內心充滿了安全感和滿足感。

「這把鑰匙就拜託你保管了。」

席福說完，便走出店外。

外頭是伸手不見五指的黑暗，濃霧和隱約可見的街道消失了。

一陣冷風吹來，聞得到乾涸泥土和青草的味道。

這裡是荒野，自己在轉眼間又回來了。

席福驚訝得僵在原地。

這時，他聽到「噠噠噠噠」的腳步聲逼近了。

「糟了。」席福才剛閃過這個念頭，腦袋就被人用力的打了一下。巨大的衝擊讓他頭昏眼花，當場倒在地上。眼前的一切漸漸模糊起來，他覺得疼痛和黑暗好像滲進了腦袋深處。

這時，有人一把抓住他的胸口，把他拉了起來。

一個和席福年紀相仿的男人目露凶光，他一手拿刀對準席福，然後大聲咆哮說：

「喂！在哪裡？鑰匙在哪裡？我看到他把鑰匙交給你了。把鑰匙給我！喂，聽到沒有？不要假裝昏過去！」

那個男人醜陋的臉扭曲成一團，逼近到席福眼前。

席福正面看著那張臉，接著昏了過去。

「嗚、嗚啊啊啊啊！」

席福忍不住發出哀號，整個人向後仰，從坐著的木箱上摔了下去。

十年屋和封印魔法師立刻向他伸出手。

「你、你沒事吧？」

「嗯，突然恢復記憶的確有可能會混亂。來，用力吸氣，你要喝水嗎？」

席福完全沒有聽到兩位魔法師說的話。他喘著氣，看著站在不遠處的澤恩。

「原、原來是你！那個打我、想搶我鑰匙的人，原來就是你！」

「哼，既然被識破，那我也沒辦法了……」澤恩一改之前假裝成好人的態度，露出凶惡的表情說：「這樣也好，假裝是你的好友也不輕鬆，雖然是為了鑰匙，但我還真是能忍啊。」

「澤、澤恩……你到底是誰？」

「你只要知道我是黑道就行了。哦，不許動！」

轉眼之間，澤恩以迅雷不及掩耳的速度，拿出了一把長刀。

「來，快把鑰匙給我。如果沒有那把鑰匙，我就進不了那棟屋子。」

「你想去葛福舅舅家嗎？不要，拜託你不要這麼做。」

「少囉嗦！這一切都是那個老頭自找的！我一開始還想和他交易，說要付給他一大筆錢，但他竟然說絕對不賣自己的收藏品，而且還用魔法封印了那棟房子，害我要耗費這麼大的力氣！」澤恩咬牙切齒的說。

「魔法真不是什麼好東西。哎喲，兩位魔法師，你們也不要動喔。如果你們有什麼奇怪的小動作，或是對我念咒語，我的刀子就會像閃電一樣飛過去。」

雖然澤恩惡狠狠的這麼說，但是席福卻拚命拜託他。

「澤恩……拜託你放過我舅舅，等我舅舅死了，我可以把他所有的收藏品都送你。你可以把你喜歡的都拿走，只要等到舅舅去世就好。」

「哼……我等不了那麼久。」澤恩的眼中露出不同於以往的焦急和恐懼，「我以前曾犯了大錯，有生命危險，所以我去向黑暗街的女魔頭高樂夫人求助。夫人說她願意為我的性命安全擔保，但我必須在五年內為她找到夢幻的玩具。」

澤恩不顧一切的尋找高樂夫人想要的玩具，最後發現那個玩具在一位收藏家的手上，而那個收藏家就是席福的葛福舅舅。

「我的性命掌握在高樂夫人手上，五年的期限就快到了。我不想死……所以你趕快把鑰匙給我，席福！」

澤恩用充血的雙眼瞪著席福，席福覺得別無選擇，只能聽他的話做了。

席福覺得澤恩是玩真的，一旦拒絕，他就會毫不猶豫的揮刀搶走鑰匙。

「舅舅，對不起。」席福在心裡向舅舅道歉，準備把鑰匙遞給澤恩。

「嘩啦嘩啦嘩啦……」他們上方的書突然像雪崩似的掉了下來。

席福驚訝的抬起頭，發現那隻橘貓不知道在什麼時候爬上了堆得高高的破銅爛鐵，而且他也意識到——是那隻貓把成堆的書本推到澤恩身上。

這個意想不到的攻擊讓澤恩措手不及，厚重的書本就這樣打在他的頭上和手腕上，他手上的刀子也因此掉落在地。

波爺爺立刻採取行動，他伸出大手從後面抓住澤恩，然後從背後架住了他。澤恩掙扎著想要逃走，但是波爺爺卻一動也不動的站在原地。

波爺爺慢條斯理的問十年屋：

「十年屋，現在要怎麼辦？你想要這傢伙嗎？」

「不想。」

「那我就收下了。」

波爺爺說完，唱起了和剛才不一樣的歌。

荊棘鉤藤蔓薔薇，

纏纏繞繞來封印，

無論水火都不破。

堅固好鎖來鎖住，

並把寶物保護好。

等到鑰匙來開啟，

獲得解放那一天。

咻的一聲，一道白光包圍了澤恩。

當白光消失時，澤恩也不見了，但是波爺爺手上出現了一個銀色罐頭。

波爺爺笑了笑，把罐頭拿到席福面前。席福看了目瞪口呆，因為罐頭上的標籤竟然是澤恩的臉。

標籤上的澤恩驚訝得瞪大了眼睛，張大著嘴巴好像在吶喊。罐頭下方有一行小字寫著「壞蛋，附獎金」。

波爺爺心滿意足的笑了。

「封印壞蛋完成。嗯，不錯、不錯。啊，對了，關於幫你恢復記憶的報酬，我就拿這個來抵了。」

「咦？」

「封印你的敵人，就是我解除你記憶封印的報酬。嗯，這個交易很不錯，他是個大壞蛋，銀行魔法師應該願意高價收購。」

波爺爺說完，開心的把罐頭放進口袋。

十年屋用平靜的聲音對一臉茫然的席福說：

「總之，你現在安全了，你的舅舅應該也安全了，你要不要去通知他？」

「對、對喔，就這麼辦。謝謝你們幫了我這麼多忙，謝謝兩位。」

席福帶著找回的記憶，緊緊握著領回的鑰匙，就這樣走出了十年屋。

席福一踏出十年屋，就發現自己站在熟悉的公園內。當他回過頭時，已經看不到十年屋的店，四周的濃霧不見了，澤恩也消失了。

「我還以為……澤恩是我的好朋友。」

席福的胸口隱隱作痛，但他決定要忘記澤恩。現在他要趕快去葛福舅舅家，跟舅舅說：「已經沒事了。」

席福再度前往位在荒野的舅舅家，因為他猜想舅舅的身體狀況可能更加惡化了，所以也帶著醫生一起前往。

他把鑰匙插進門鎖，然後輕輕一轉。

「喀答。」席福覺得鑰匙打開門鎖的聲音，好像響徹了整棟房子。

席福緩緩把門打開，和醫生一起走進屋內。屋裡有一股霉味，到處都積滿了灰塵，而且光線昏暗。

醫生驚訝的問：

「你說你舅舅在這種環境下住了好幾年嗎？這可不行，這樣對健康太不好了。」

「我也這麼認為。舅舅！葛福舅舅！我是席福，我來看你了，你在二樓嗎？」

席福大聲叫著，走上了二樓。

二樓的大客廳是玩具收藏室，不計其數的玩具和娃娃堆滿了整個房間，那種壓迫感簡直令人無法呼吸。

已經變成白骨的舅舅就坐在房間中央的搖椅上。

「舅舅……」

席福並沒有太驚訝，因為他之前就猜到舅舅可能已經過世了。

但是舅舅是在他的收藏品包圍下離開人世，能以自己期望的方式離開這個世界，他一定感到很幸福。

醫生立刻上前檢查舅舅的遺體，然後點了點頭說：

「看來他是在一年多前去世的，為了謹慎起見，還是報警吧。」

「是啊……我還要找博物館和美術館的人來這裡。」

舅舅希望自己死後能讓這些收藏品重獲自由，而席福認為完成舅舅的心願是自己的使命。

「我一定會完成你的託付。」席福在心裡向舅舅保證。

6 封印魔法師的祕密

客人離開後，十年屋緊緊抱著從那堆破銅爛鐵上走下來的客來喜。

「客來喜，你立了大功。你真聰明，竟然會想到把書丟下來，讓壞蛋大吃一驚。」

「對啊對啊，如果不是他的刀子掉在地上，我也不可能抓住他。你真是聰明的乖貓。」波爺爺也笑著這麼說。

客來喜聽了他們的稱讚，高興得鬍子都翹了起來。

「呵呵呵，因為我是管家貓喵，幫這點小忙是理所當然的喵。」

「你不用太謙虛，這次的薪水我會給你一大筆獎金。啊，我來整理這些散落在地上的書籍，你去拿飲料給波爺爺喝。他使用了兩次魔法，應該口渴了。」

「好的喵。波爺爺，你要不要喝冰的滴濾咖啡喵？配葡萄乾夾心餅好不好喵？」

「真是太感謝了，這兩樣都是我的最愛。但是在享用美食之前，我想先處理完剩下的工作。十年屋，你想請我幫你做什麼？」

「我想請你為本店做防盜封印。」十年屋一臉嚴肅的拜託波爺爺。

「上次有小偷來店裡，害客來喜受了傷，為了避免再次發生這種事，我想請你用封印魔法保護這家店，這樣之後我和客來喜都可以放心出門了。」

「原來是這樣，我了解了。」

「至於報酬，你想選我的十年魔法，還是要這家店的商品呢？」

「我想挑選你店裡的商品。我有個想要的東西，等一下就去找。」

「請便，請便。」

「那我就開始囉！」

波爺爺第三次唱起魔法之歌，他的歌聲傳遍整家店，滲進了柱子、天花板、牆壁和地板。

唱完之後，波爺爺笑著說：

「這樣就搞定了，再厲害的小偷也沒辦法從這家店偷走任何東西。」

「謝謝，這樣我就安心了。來，請自由挑選本店的商品，任何東西都可以。」

「那我就隨意挑選了。」

波爺爺在店裡走來走去，探頭向架子上和破銅爛鐵堆裡張望，但是他的身體很龐大，所以動作很緩慢。

十年屋擔心他的腦袋或肚子會卡住，在旁邊捏了一把冷汗，最後忍不住開口詢問：

「你要找什麼？只要告訴我，我可以幫你找。」

「不、不用了，我自己找就可以了。」

波爺爺結結巴巴的回答，他的臉好像也紅了。

「這是怎麼回事？」十年屋忍不住歪著頭納悶的時候，客來喜把咖啡和葡萄乾夾心餅送了上來。

「波爺爺、老闆，咖啡好了喵，要不要休息一下喵？」

「波爺爺，客來喜準備好了，我們先喝杯咖啡，等一下再繼續找吧？」

「嗯，好啊……咦？咦咦咦？」

「怎麼了？」

「我、我找到了！」

波爺爺興奮的叫了一聲，從那堆破銅爛鐵中拿出某個東西。

那是一束花，外頭包著好像蕾絲的漂亮包裝紙，上頭還繫上了

銀色和金色的緞帶。花束是白色和淡紫色的花，盛開的花朵就像煙火一樣。

波爺爺像小孩子一樣欣喜若狂。

「這個花束太棒了！只要改成粉紅色，就會很適合茨露婆婆。等一下我要去找變色魔法師，買一瓶粉紅色的墨水。」

「茨露婆婆？你要把這束花送給茨露婆婆嗎？」

波爺爺的臉頓時漲得通紅。

「喔喔喔！慘了慘了，我想起還有急事！十年屋、乖貓，我要走了！」

波爺爺很不自然的說完話，就匆匆離開了。

十年屋和客來喜目瞪口呆。在波爺爺離開後，一名少女走了進來。

少女有一頭筆直的黑髮，白皙的臉頰上長了許多雀斑，臉上帶有調皮的表情，頭上戴著狐狸耳朵的髮箍，細長的手、腳上戴了很多飾品，黑色的洋裝下穿著一雙條紋圖案的絲襪。這一身誇張的裝扮，穿在她身上卻很好看。

她是天氣魔法師比比，也是住在這條魔法街上的魔法師。

比比一走進店內，就對十年屋說：

「你好，剛才走出去的是封印魔法師波爺爺囉？」

「對啊，我今天請他來幫這家店做封印。比比，你來這裡有什麼事嗎？」

「我想請你用十年魔法保護我的衣服。你看，就是這件泳衣囉。」

「這件泳衣還真……花俏啊，黃色的布料上有黑色和藍色的圓點圖案。」

「嗯，我就是喜歡花俏囉。對了，這是葡萄乾夾心餅嗎？我最愛吃這個了，可以請我吃囉？」

「嗯，當然沒問題。這是波爺爺沒吃留下的，如果你不介意，那就請享用吧。」

「謝謝！那我就不客氣囉。」

在比比享用滴濾咖啡和葡萄乾夾心餅時，十年屋俐落的為她帶來的花俏泳衣施展了魔法。

「好，完成了。接下來的十年，無論發生什麼事，泳衣都不會有絲毫損傷。」

「謝謝囉！那我要用什麼天氣來支付報酬？」

「嗯，我想要一個很舒服的晴朗好天氣。」

「原來你也想要晴朗好天氣囉？」

「我『也』想要晴朗好天氣？這是什麼意思？」

「還有波爺爺囉。」

拿起另一塊葡萄乾夾心餅的比比這麼回答。

「昨天波爺爺來找我，說要一個晴朗好天氣，然後為我封印了屋頂漏雨的地方囉。他幫了很大的忙……只不過他看起來心神不寧，完全不像平時的他囉。」

「喔，原來他去找你要一個晴朗好天氣……」

十年屋和客來喜互看了一眼。

「原來是這樣啊，我終於知道波爺爺的祕密了。」

「波爺爺的祕密？」

「對，波爺爺從你那裡得到了晴朗好天氣，在我這裡找到了花束，然後他說要把那束花染成茨露婆婆最喜歡的粉紅色……如果我猜得沒錯，波爺爺是打算在星期天找茨露婆婆約會。」

「哇啊啊啊！」比比和客來喜興奮得發出尖叫。

茨露婆婆也是在這條魔法街上開店的改造魔法師，她總是活力充沛，而且穿的衣服也很花俏，完全不輸給比比，是一個氣勢十足的婆婆。

「波爺爺要找茨露婆婆約會？」

比比和客來喜聽了十年屋的推理，全都雙眼發亮的問：

「波爺爺喜歡茨露婆婆囉？不會吧？」

「為什麼喵？為什麼會這樣喵？」

「不知道，因為沒有比人心更神祕的東西了。」

「哇……原來是這樣，他是因為要約會才希望有好天氣囉。星期天我要去偷偷跟蹤他囉。」

「最好不要，如果被波爺爺發現，他會把你封印起來喔。而且茨露婆婆也可能會用魔法把你變成娃娃。」

「這太可怕囉。」

比比害怕得縮著脖子，客來喜卻雙眼發亮的問十年屋：

「那茨露婆婆呢？她會接受波爺爺的邀請喵？他們會約會喵？」

「這我就不知道了，但是……茨露婆婆也知道波爺爺是很出色的魔法師，也許他們很合得來。」

「那我是不是要開始練習做婚禮蛋糕喵？」

「客來喜，那樣未免太性急了……你的眼睛瞪得那麼圓，要不要先冷靜一下？」

「不不不，我能夠理解客來喜的心情囉。我也大吃一驚，激動不已，簡直快瘋了囉。」

「比比，你也冷靜一下。你們都再喝一杯咖啡吧。對了，這件事千萬不可以說出去，住在魔法街上的人，不可以這麼不解風情。」

十年屋叮嚀他們，為他們分別倒了一杯冰咖啡。

尾聲

星期天，整條魔法街都洋溢著興奮的氣息。

今天，封印魔法師波爺爺要找改造魔法師茨露婆婆約會。

整條魔法街上的人都知道這件事。

並不是十年屋、比比或是客來喜洩漏了這個祕密，而是波爺爺去了很多家魔法師的商店，做出讓大家知道他將要約會的行為。

大家知道這件事之後都很好奇。

中午的時候，波爺爺帶著巨大的粉紅色花束，漲紅著臉，走向

茨露婆婆的家，但是卻不知道其他人都在默默的守護著他。

推薦文

幸福與正義是故事中的「鑽石」

◎文／傅宓慧（桃園龍星國小教師）

「好！本店立刻為你保存。」說這句話的，是一個有著一頭栗色頭髮以及一雙琥珀色眼睛的魔法師，他的十年魔法可以為你保存任何值得用壽命保護的東西，大到一棵茂密的樹、一整座地窖，小至一把鑰匙、一個意念，魔法十年屋都能為你妥善的收藏。只要你簽下契約「一年換十年」，便能聆聽他如鈴的咒語——剎那間勿忘草、時鐘草、木香花、長春花隨歌聲飄出，像藤蔓般將你想要守護之物，收納在魔法的空間中。

這樣的魔法能讓回憶保鮮、能使時間暫留，看來浪漫而美好，只不過在《魔法十年屋》中，廣嶋玲子卻沒有跟孩子客氣，她在這本書中真實呈現人性中的貪得無厭以及價值扭曲：有市儈的商人，走進十年屋卻只想著要動歪腦筋做「魔法生意」；有惡霸鄰居，每天「做賊的喊抓賊」，欺負人卻大聲嚷嚷著被欺負；更有令人毛骨悚然的縱火案……，這些故事直指人性的黑暗處，讓你讀來時而詫異時而揪心。不過這本書精彩之處也在於此，當你讀著讀著忍不住皺眉、緊張時，還好魔法終有期限，那些藏得再好的祕密，隨著故事的轉折，十年期滿終究會真相大白，相信那遲來的正義猶時未晚。

在這集故事中，作者也讓我們對魔法街上的魔法師有更多了解。原來「十年屋」不只是進行「保存十年」的交易，偶爾他們也會向有需要的人們或是魔法師販售「顧客決定不取回的東西」，在這間店中，時間就是交易的籌碼，一旦簽約，身體中就會頓時感到「被抽走了些什麼」，真實的感受到付出的代價。而向魔法師購買商品，則需要更高額的代價。就像〈送給恩人的禮物〉故事中的科波以兩年的壽命購買了給恩人的禮物，讀到這裡，不禁想像：如果可以向魔法師購買些「想要的東西」，又會買些什麼呢？我們會願意為了這個東西付出「時間」嗎？當我們大方的跟魔法師「十年屋」進行交易，拿時間去換取我們想要的事物，歡欣鼓舞之際，故事中的尤羅卻也告訴我們：「人生不知道會發生什麼事，你以為自己可以很長壽，但生命很可能會在某一天突然結束，所以要珍惜自己的生命。」

這就是作者廣嶋玲子藏在故事中的鑽石，藉由尤羅的故事讓我們看見——生命的長短不是我們可以掌握，但我們卻可以讓這無法預期長度的生命，活得精彩！不僅如此，故事中還隱藏了許多彩蛋喔！原來作者筆下的魔法世界中除了帥氣的「十年屋」、逗趣的「客來喜」之外，還有封印魔法師波爺爺、天氣魔法師比比，以及總是全身怪異裝扮的茨露婆婆，魔法街在這一集中頓時熱鬧了起來！你是不是也對接下來的劇情有著更多的期待呢？一起來讀《魔法十年屋》，找到這些閃閃發光的「鑽石」吧！

用想像力打造你的魔法世界！

◎活動設計／傅宓慧（桃園龍星國小教師）

1 你有注意到「十年屋」每次在施展魔法時，會唸出什麼咒語嗎？作者用了四種花，傳遞時間魔法的意象。如果是你，你會用什麼東西來傳達「時間的流逝」的想法呢？

2 魔法街上有各種魔法師，如果讓你設計一個角色，你會為魔法街加入什麼角色呢？這位魔法師又有什麼特殊魔法呢？

3 十年屋的顧客生活背景各異，不只是良善或是存有惡心，十年屋都會提供服務。如果有一天，真實世界的罪犯也走進十年屋，你覺得可能會發展成什麼樣的故事呢？

4 十年屋中的有活靈活現的管家貓客來喜，俏皮又可愛。請你發揮想像力，如果有動物或寵物們也想要走進十年屋，牠們會想要委託什麼呢？

5 十年屋十周年，促銷活動燒腦中！
十年屋熬過十個年頭，管家貓客來喜正絞盡腦汁思考宣傳活動。不知道是要打折、買一送一活動，或是送小禮物吸引客人？你有沒有什麼好點子？快來幫客來喜想想宣傳標語和促銷方案，設計一個很酷的周年慶活動吧！客來喜感謝你幫忙設計喔！

宣傳標語：

（短短的口號可以讓人印象深刻喔！）

促銷方案：

☐打折降價　☐贈送小禮　☐製造驚喜　☐其他 ______

我的想法是：

魔法十年屋4
需要推理的委託物

作　　者｜廣嶋玲子
插　　圖｜佐竹美保
譯　　者｜王蘊潔

責任編輯｜楊琇珊
特約編輯｜葉依慈
封面設計｜蕭雅慧
電腦排版｜中原造像股份有限公司
行銷企劃｜劉盈萱

天下雜誌群創辦人｜殷允芃
董事長兼執行長｜何琦瑜
媒體暨產品事業群
總經理｜游玉雪　副總經理｜林彥傑
總編輯｜林欣靜　行銷總監｜林育菁
副總監｜李幼婷
版權主任｜何晨瑋、黃微真

出 版 者｜親子天下股份有限公司
地　　址｜台北市 104 建國北路一段 96 號 4 樓
電　　話｜（02）2509-2800　傳真｜（02）2509-2462
網　　址｜www.parenting.com.tw
讀者服務專線｜（02）2662-0332　週一～週五：09:00~17:30
讀者服務傳真｜（02）2662-6048
客服信箱｜parenting@cw.com.tw
法律顧問｜台英國際商務法律事務所．羅明通律師
製版印刷｜中原造像股份有限公司
總 經 銷｜大和圖書有限公司　電話：（02）8990-2588

出版日期｜2021 年 11 月第一版第一次印行
　　　　　2024 年 6 月第一版第九次印行
定　　價｜320 元
書　　號｜BKKCJ078P
ISBN｜978-626-305-098-3（平裝）

國家圖書館出版品預行編目資料

魔法十年屋 4：需要推理的委託物／廣嶋玲子 文；佐竹美保 圖；王蘊潔 譯. -- 初版. -- 臺北市：親子天下股份有限公司, 2021.11
260 面；17X21 公分. --（樂讀 456 系列；78）

ISBN 978-626-305-098-3（平裝）

861.596　　110015545